These pearls of thought in Persian gulfs were bred,
Each softly lucent as a rounded moon;
The diver Omar plucked them from their bed,
Fitzgerald strung them on an English thread.

Lowell

波斯湾孕育的这些思想之珠
颗颗散发出满月的柔和光辉；
欧玛尔潜入水下把珍珠摘出，
菲茨杰拉德用英语一线串住。

——J. R. 洛威尔

| 经典名著名译 |

Rubáiyát of Omar Khayyám

柔巴依集

英汉对照

[英] 爱德华·菲茨杰拉德 著
西克 等 插图 黄杲炘 译

陕西师范大学出版总社

图书代号：WX16N0536

图书在版编目(CIP)数据

柔巴依集 /（英）爱德华·菲茨杰拉德著；黄杲炘译. —西安：陕西师范大学出版总社有限公司，2016.9
ISBN 978-7-5613-8559-3

Ⅰ.①柔… Ⅱ.①爱…②黄… Ⅲ.①诗集—英国—近代 Ⅳ.①I561.24

中国版本图书馆CIP数据核字（2016）第156879号

柔巴依集

[英] 爱德华·菲茨杰拉德 著　黄杲炘 译

策划编辑	郭永新
责任编辑	郭永新　彭　燕
装帧设计	观止堂_未氓
出版发行	陕西师范大学出版总社
	（西安市长安南路199号　邮编：710062）
网　　址	http://www.snupg.com
印　　刷	山东临沂新华印刷物流集团有限公司
开　　本	787mm×1092mm　1/16
印　　张	20
插　　页	4
字　　数	140千
版　　次	2016年9月第1版
印　　次	2016年9月第1次印刷
书　　号	ISBN 978-7-5613-8559-3
定　　价	98.00元

读者购书、书店添货或发现印装质量问题，请与本公司营销部联系、调换。
电话：（029）85307864　85303629　传真：（029）85303879

译者前言

  《柔巴依集》全名为《欧玛尔·哈亚姆之柔巴依集》，原是薄薄一册，却是英国文学和波斯文学奇珍、世界文学瑰宝，在全世界有着数以千计的版本和有关的论文或专著，数以百计的知名插图家为之作画，上百名音乐家为之谱曲，从而让"柔巴依"这种我国也有的东方诗体名扬四海。但这诗体在东西方的传播以及这诗集登上世界文坛的经过颇不寻常，可谓文化交流史上的一段佳话。J. R. 洛威尔（James Russell Lowell, 1819—1891）是美国的著名诗人兼评论家，他在自己那本菲茨杰拉德《柔巴依集》原作上写有一首优美的小诗，其中第一节凝练而形象地概括了这一逸事：

> 波斯湾孕育的这些思想之珠
> 颗颗散发出满月的柔和光辉；
> 欧玛尔潜入水下把珍珠摘出，
> 菲茨杰拉德用英语一线串住。[①]

  "柔巴依"英语中为三音节的 ruba'i、rubá'i 或 ruba'i，复数为 rubáiyát，这名称来自阿拉伯语，意为四行诗，这种诗体也存在于阿拉伯语和维吾尔语等东方文学中，是我国维吾尔等民族的古典抒情诗形式[②]，早有约定俗成并较准确反映原来发音（波斯语中为 roba'i）的译名——柔巴依。

  一般认为，这种诗出自 9、10 世纪民间口头创作，由波斯-塔

[①] 洛威尔这诗原文可见《牛津引语词典》1953 年版第 320 页（1985 年版第 319 页）。有趣的是，洛威尔该诗的格律同菲氏的"柔巴依"很接近。
[②] 有关情况见本书附录一《＜柔巴依集＞——富有传奇色彩的诗篇》。

吉克文学奠基人鲁达基（Rudagi, 858—941）[①]定型，11世纪中叶到达繁荣期。在古代波斯，"柔巴依"又叫"塔兰涅"（taraneh），意为"小调""小曲"或"绝句"。有学者认为，这种诗体可能来自中亚突厥文化，与我国唐代绝句同出一源，也可能是唐代绝句经由丝绸之路通过突厥传入波斯后形成的。[②]

"柔巴依"格律独特而严谨，适于吟咏。基本特征是：每首四行，独立成篇；一、二、四行（或四行全部）押尾韵；每行长度一致，由5个节奏单位构成一定的节奏；诗的内容则往往涉及哲理。

波斯天文学家、数学家欧玛尔·哈亚姆可能创作过一些"柔巴依"，却成了这种诗的代表。归在他名下的"柔巴依"数目非常悬殊，少的百首不到，多的超过千首，而比较审慎的看法，只有最古老文献中的几十首为其所作，但究竟是哪些诗却无从确定，专家学者们的意见并不一致，甚至有些学者持全盘否定的态度。

人们对欧玛尔·哈亚姆的生平知之甚少。他大约1048年生于内沙布尔[③]。他的姓氏哈亚姆意为"帐篷制作者"，看来他可能生于手工业者家庭。少年时期，他受到良好教育；中年时期供职于官府和宫廷，颇受器重。从12世纪起，由于国家动乱，他处境艰难，生活困苦，终于在去麦加朝圣后不久，于1131[④]年在故乡抑郁而死。据传，他说的最后一句话是：真主啊！我曾在力所能及的范围里努

[①] 鲁达基是波斯古典文学代表作家，年轻时为宫廷诗人，有一千多首诗传世。

[②] 可参看杨宪益《鲁拜集和唐代绝句》（载《文汇增刊》1980年第2期）、《波斯诗人莪默凯延的鲁拜体与我国唐代诗歌的可能联系》（《文艺研究》1983年第4期）和紫军《中国绝句与"柔巴依"》（《文汇报·笔会》2007年6月13日）。

[③] 内沙布尔为伊朗东部霍腊散省（一译呼罗珊）城市，历史上曾是首府，位于现省会马什哈德以西不远。英文中有Naishápúr等多种拼法。

[④] 以前一直写作1122年，现根据 *A Book of Verse*（第38页）和Harold Bloom所编 *The Best Poems of the English Language* 中的说法，改为1131年。

力了解你。所以请原谅我,因为实际上我对你的了解就是我靠拢你的唯一手段。

欧玛尔·哈亚姆博学多才,写过很有价值的哲学和数学论文,编制过精确的历书,主管过天文台,还精于历史、法学和医学。然而他至今常被提及,主要由于归在他名下的"柔巴依",因为这为菲茨杰拉德的《柔巴依集》提供了素材和灵感,也标志着波斯文学的发展。

在中世纪的波斯和塔吉克,诗人虽不少,却只有归在他名下的诗歌里,主人公在较大程度上是有独立个性的离经叛道者,摆脱了神或君王这类超凡者的精神控制。这些短小的"柔巴依"从日常生活中选取常见事物,来提出社会或哲学上的重大问题,全面表达了对生活、社会、宗教、哲学等方面的见解。例如,用残骸中滋生青草象征物质永恒轮回;用陶匠、陶器作坊和陶罐象征造物主、世界和个人之间关系;用对酒[①]的歌颂来肯定有自由思想和追求享乐的人等等。

这些诗形象鲜明生动,语言朴素动听,韵律灵活多变,感情真挚强烈。内容则有的带有朴素唯物主义色彩,充满了叛逆精神和对生活的热爱;有的非难真主,揶揄正统的穆斯林,否定来世的存在等宗教信条,向禁欲主义挑战;有的谴责中世纪社会制度的黑暗,指责和鞭笞伪善和两面派,唱出对自由平等生活的向往;有的强调现实,认定世界的美丽可爱并歌颂生活的情趣。

[①] 对欧玛尔·哈亚姆诗中的"酒"一直有不同理解。早在1867年,J.B.尼古拉出版了法译《柔巴依集》(原作是含464首的德黑兰石印本),他认为,哈亚姆诗中的"酒""送酒者"等都有宗教含义。对此,菲氏在其第二、三版《柔巴依集》前言中作了答辩。到20世纪60年代,自称苏菲派诗人学者的欧玛尔·阿里-夏指责菲氏曲解"酒",声称其阿富汗老家所藏欧玛尔·哈亚姆的柔巴依抄本最古老(1153)最权威,他"直译并加注"后,请英国名诗人格雷夫斯(1895—1985)尽可能忠实地重铸为诗,成为111首柔巴依并于1967年出版。但这丝毫未动摇菲氏《柔巴依集》的地位,却最终成为文学界最大骗局,结果让格雷夫斯受累——这一年桂冠诗人梅斯菲尔德去世,格雷夫斯受邀在威斯敏斯特大教堂致悼词,这本是明确信号,表明他有望继任,但结果继任者为戴-刘易斯(1904—1972)。

然而作者的世界观是复杂的，是有矛盾的。例如有些诗中，主人公对真主颇为驯服，带有宿命论和不可知论观点，有消极悲观和及时行乐思想。由于在波斯手抄本中，"柔巴依"的次序按押韵诗行的结尾在字母表中的位置确定，加上大量伪作羼杂其间，因此无法了解它们的创作顺序和诗人思想的发展过程。

*

欧玛尔·哈亚姆逝世不久，另一种诗歌形式"嘎扎勒"在波斯繁荣起来，欧玛尔·哈亚姆的"柔巴依"被逐渐淡忘。他的诗能在七八百年后重放异彩，获得世界性声誉，要归功于英国学者兼诗人爱德华·菲茨杰拉德（1809—1883）。用前面洛威尔的比喻来说，是他发现了那些散乱的"思想之珠"，抹净了表面的厚厚泥沙，又经过挑选和加工，用他的英语之线串了起来，成为耀人眼目的稀世奇珍。

从1700年开始的150年间，英法等国出现过一些介绍欧玛尔·哈亚姆的文章和对"柔巴依"的零星翻译，但没有影响。1859年，菲茨杰拉德隐名发表了《欧玛尔·哈亚姆之柔巴依集》，使情况彻底改观。

菲茨杰拉德出身富家，就学于剑桥大学三一学院。他爱好种花、听音乐、驾小船，翻译过希腊和西班牙文学作品。丁尼生、萨克雷、卡莱尔等文学巨匠是他密友，对其评价很高。他四十多岁学波斯文，1856年在年轻朋友考埃尔（Edward Byles Cowell）指点下注意到欧玛尔·哈亚姆的"柔巴依"，深有所感，试着把一些诗篇译成拉丁文，但不久放弃。又凭考埃尔提供的分别含158首和516首"柔巴依"的两种手抄本抄件，译出一些英语"柔巴依"，但投稿未果。1859年，正好50岁的他将"柔巴依"扩充到75首并自费印制。他的《欧玛尔·哈亚姆之柔巴依集》起初无人问津，但他逝世十年后，该书已名满天下，他的柔巴依甚至被译成拉丁语出版。

1861年，前拉斐尔派画家诗人D. G. 罗塞蒂（1828—1882）得知此书，告知另一位诗人斯温伯恩（1837—1909），他们一起去买了几本并大加推崇，于是影响逐渐扩大。①1868年出了重编的第二版，内容增至110首。之后，1872年、1879年出了反复修订的第三、四版，其中含诗都为101首，各首的次序也已固定。值得注意的是，菲氏一生淡泊名利，在世时始终拒绝在书上署名。他去世后，友人在其遗物中发现一本第四版《柔巴依集》，上面有他的细微改动（大多属拼写、大小写、标点符号方面），后来出他的书信及遗墨集时放进了这些修改，被称为"第五版"（1889）。

这本小小诗集在西方引起大大轰动，在其带领下，英语和其他语言的欧玛尔·哈亚姆柔巴依译本不断涌现，19世纪末的一个合订本中，仅英、法、德、意四种文字的译作就有30种之多，而菲氏柔巴依也被译成各种文字。这时，欧玛尔·哈亚姆确立了他在世界文学中的地位，菲氏《柔巴依集》也确立了其在英国文学中的地位，成为最具传奇色彩的诗歌纪念碑之一。进入20世纪下半叶以来，尽管他们的"柔巴依"早被译成世界上许多文字，新译本仍在不断出现。

在众多英语柔巴依译本②中，或在数量已相当庞大的世界各国译本中（连人口稀少的冰岛，也早有菲氏本的柔巴依体译文），菲氏《柔巴依集》不仅最为著名，还感染过英国19世纪末诗歌，他诗中的悲观情绪和异国情调还大大影响唯美主义。如今这些诗仍流

---

① 当初该书售价由一先令（一说五先令）惨跌到一便士，但半个世纪后，已值二十多英镑，到1929年，这一版本的书在纽约拍到8000美元。据 *A Book of Verse* 作者介绍，前些年，这样一本仅36页的小书在网上出让，索价6.5万美元。

② 据知，各家英语译本到1900年底，已在20种左右。

传广泛，一些语句和篇章常被引用①，有的甚至已成为日常用语。无论说他的诗是翻译②还是创作，这样的成功都是罕见的。

菲氏《柔巴依集》的哲学思想和生活观点并不深奥，而且古已有之，但其"柔巴依"阐发得十分迷人，而且这些诗的内容与形式都建立在传统上，却都有异国情调，让人既感到熟稔又觉得新奇。当然，它在英国的风行还有深刻的社会因素。

正是在其初版的1859年，达尔文发表了划时代的《物种起源》。③在这部科学巨著的猛烈冲击下，有神论和宗教信仰从根本上发生动摇，一些善男信女希望破灭，无所皈依。另外，资本主义在英国的发展一方面要确立与其一致的上层建筑，扫除同经济基础不相适应的陈旧意识形态，另一方面资本主义制度本身的缺陷则日益显露，让一些人迷茫彷徨，莫知所从。此时，菲氏柔巴依的出现，既是对某些宗教教义的责难，对维多利亚时代僵化道德常规的挑战，也是让人逃避现实逃避斗争的劝酒歌，从而在不同人群的心里都引起强烈的回响和共鸣。特别是，当时英国和欧洲的资本主义发展和对外扩张，促成了东方文化的流入，使人们对之发生兴趣，例如，菲茨杰拉德手中的波斯文《柔巴依集》抄件之一就来自印度，而法国驻波斯外交官尼古拉也在1867年出版了他的法译本。

菲氏的《柔巴依集》中，既有他的译诗，也有他的创作。有些

---

① 《牛津引语词典》中，菲氏《柔巴依集》半数以上诗行已作为名句入选，入选率之高极为少见。该诗在英语国家为人熟知的情况，可从以下实例看出。为讽刺食品价格贵，有人把第四版第12首柔巴依中的两行改成："一杯子的酒，再加上一个面包，/已把你一周的食品预算耗掉。"（亚洲版《读者文摘》1976年5月号）。又如亚洲版《读者文摘》1980年5月号载，有位女打字员有时在其高级打字机上栽跟头，咬定说是打字机不听使唤，自作主张，于是把第四版第71首柔巴依全文贴在打字机旁。

② 严格说来，这不是翻译，是自由地从原作中采集材料，或译，或拼接改编，或拆散重组，按原作相应格律创作。但既然菲氏自称翻译，当然不必将如此成功的"翻译"排除在翻译之外。于是名之为"创意翻译"或"衍译"，成为这类"翻译"的样本，但这样的"翻译"实际上很难复制，而这样的成功更是可遇不可求。

③ 有趣的是，伦敦著名的"大本钟"也建于这年。

诗是波斯原作较忠实的译文，有些诗则是将不同诗中的内容或形象结合起来，有些则是菲氏受原诗感染，用自己的想象和诗歌形象，传达其思想感情、生活态度和哲学见解。①

菲氏《柔巴依集》有一个原作没有的重要特点，就是其中各诗的次序已按内容重新编排。于是在诗集开始时，我们看到旭日初升景象，而到诗集结束处，已是暮色降临时分，而在这象征从生到死的整个白天里，主人公边喝酒边发议论（第二版增至110首，就有更多时间多发议论），而随着时间流逝，对上天的不公越来越感到愤慨，言辞越来越激烈，最后又归于冷静。通过这种匠心独运的安排，菲氏让诗集内容有了时间上的先后、意义上的关联和逻辑上的连续性，成为更和谐更合理的有机整体——也正是这缘故，洛威尔才说菲氏用英语之线把这些思想之珠串住。

菲茨杰拉德把柔巴依这种与哲学论题结合的东方诗体引进英国，而他这本《柔巴依集》的成功又让这种诗体传入其他东西方国家。他的柔巴依格律严谨，与原作的格律相应：每首四行，每行含10音节构成的5个抑扬格音步（用两音节阴韵时，含11音节），尾韵韵式依然为aaba或aaaa。

*

菲氏逝世40年不到，其《柔巴依集》就有了汉译本，这是著名诗人郭沫若按菲氏此书第四版译出的莪默·伽亚谟《鲁拜集》②。

---

① 《柔巴依集》另一位英译者Edward Heron-Allen于1899年估计，菲氏《柔巴依集》中，49首是较忠实的译文，44首可在一首以上的原作中找到依据，有4首与原作关系不大。而事实上，英译与汉译中的"忠实"还是有距离的。

② 郭沫若可能不知道ruba'i就是维吾尔古典诗体"柔巴依"，也未注意该英语词是三音节（波斯语中是roba'i）而非两音节rubai，加之发音不分r和l，于是译成"鲁拜"。这反映不出英国ruba'i同维吾尔"柔巴依"的关系，屏蔽了维吾尔"柔巴依"同波斯"柔巴依"的关系，于是，本可联想到的中亚文化交流在此"断线"。

自从郭沫若在他青年时代完成的这一译作于1922年问世以来，60来年中，我国绝大多数读者只是通过《鲁拜集》来了解这一世界名著的。

菲氏《柔巴依集》篇幅极小，成就很大，影响极广。近年来，我国出版物经常提及或介绍。这样的名篇，我感到似乎可以有一些不同的中译本，以便读者通过对照比较，对原作内容和柔巴依本身有一较全面和确切的认识，甚至对诗歌翻译的不同途径、方式和发展都可有新的了解。

1983年6月14日是菲茨杰拉德逝世100周年。为纪念这位当初不署名发表一代名作、以后又不断修改力求完美的英国诗人，译者不揣固陋，把自己的试译公之于众，以为引玉之砖。

*

有关新诗形式和借鉴外国诗等问题，近年来讨论颇多。根据对这些问题一鳞半爪的了解，译者感到译《柔巴依集》时可结合这两个问题考虑。既然该诗已为世界人民熟知，许多国家都有以此诗体翻译的译文（当然各有语言文字特点），就应努力让译文保持原作的诗体特征，因为这不仅最显眼，也是称为"柔巴依"的依据；另一方面，考虑到中华大地本是这诗体的故乡，而汉语又是历史最悠久、使用人数最多的语言。因此，为万紫千红的柔巴依园地提供故乡品种时，可限定译文诗行的顿数和字数，因为这符合原作诗行中音步数和音节数固定的特点，也是我国传统诗特色，何况这样的译诗大多整齐美观，甚至可能直观地反映原作格律。

为此，译者对拙译的要求是：运用规范的现代汉语，在充分信、达地反映原作内容的基础上，不但译诗的韵式和诗行音步数（即顿数）与原作的一样，而且限定每个诗行为12字，即要求这12个汉字构成5个顿，以反映原作以10音节（用阴韵时为11音节）构成的 5 音步。当然，也希望这样的诗文能读来上口，听来顺耳。

译者通过这个试译感到：汉语词汇丰富，结构富于弹性，表达方式灵活多样，加之韵部不是太多，因此将外国诗歌汉译时，有可能在做到信、达的前提下，还要求译诗的形式既具有原诗的格律特点，又顾及汉语诗歌中诗行顿数和字数固定的传统。然而对于自己这样受很多主客观条件限制的业余爱好者来说，译诗本身就是勉为其难的事，何况要在如此条件下译此名篇！译者确实感到自己的试译中还有些问题尚待解决。但为了争取在菲茨杰拉德逝世 100 周年到来之前，让读者读到他这个名篇的新译本，只能把进一步修改的愿望留待以后实现了。

黄杲炘

第五版（2016）附言

上面的前言写于1981年，用于1982年初版的拙译《柔巴依集》，后来和拙译一样多次略有改动，在以后几版拙译中用作前言或附录。这次的《柔巴依集》中仍用作前言。

菲氏《柔巴依集》有三个主要文本，即第一、第二、第四版，对它们的拙译曾前后出版，每次出都只以其中某一文本为主，而且出版顺序与菲氏原作各版的顺序不同，需略加说明。

对菲氏原作第四版[①]的拙译出过三次，第一次为1982年上海译文版《柔巴依集》（1991年重印，略有改动）；第二次为1998年中国对外翻译版的英汉对照本《柔巴依一百首》，含长篇前言《＜柔巴依集＞——富有传奇色彩的诗篇》（见本书附录）；第三次附于2007版书中。

对菲氏原作第一版全文的拙译《柔巴依集》，于2007年由湖北教育出版社推出（当年重印，有少量改动），这是英汉对照插图本（但对其中所附第四版的拙译无对照），用的就是前面这"前言"并稍有修改。

对菲氏原作第二版全文的拙译为《柔巴依集》（二），2013年由安徽人民出版社推出，这也是英汉对照插图版并另有"译者前言"与"后记"：《说不尽的"柔巴依"》（见本书附录）。这里有个情况需交代：2007版拙译《柔巴依集》有杜拉克12幅彩图，但后来得知应有20幅就另购得原书。正好有志于做插图书的时代华文书局对另两本拙译有兴趣，但专有出版权已授出，就以菲氏原作第二版的拙译和杜拉克另一诗画集替代。

---

① 过去我未仔细比对，看到郭沫若自称译自第四版的《鲁拜集》也是101首，就以为自己译的也是第四版。现在看来，我见过的多种菲氏《柔巴依集》原作中，收诗101首的常为"第五版"，甚至有的写明第四版，实际上却是"第五版"。

国外很多菲氏原作中，各版文本常放一起，以便对照研究，这次我有此机会，也将菲氏各版原作和拙译"熔于一炉"（当然又有修改）。我想，这样的"合集"既提供全面观察菲氏这传奇性作品的窗口，也可反映该诗汉译和出版上的发展，特别是菲氏《柔巴依集》的文本情况复杂，各版改动既大，有时又细微难辨，一些英文版原作也难免有误。这次又托女儿买到 Keith Seddon 所编"特别摹真版"和 Christopher Decker 所编"异文校勘本"，现在本书中的原作均以之为准，尽管这两个版本也并非绝对正确，但想来应有助于将错讹减到最少。而需说明的是，后者也许因所谓的"第五版"并不是菲氏在世时正式出版，且菲氏改动作品频繁，甚至定稿也会重改，又认为对第四版的有些改动并不出于菲氏本人，因此并不提供"第五版"文本。为此，这本拙译中，被认为是菲氏对第四版所作的改动，都以注释形式列出，算是"第五版"。

这里我又想起拙译初版时的责编方平先生，他注重诗集的装帧、版式、用字和插图，当时拙译只是薄薄小册子，他却让资料室去上海图书馆借来原作，从中寻找合适插图，使拙译一开始就有了当时还不多见的插图，开了个好头。

最后要感谢收藏菲氏《柔巴依集》插图本的顾家华先生，他不仅慨然允诺让我选用所需插图（本书中 Palmer 和 Szyk 的作品即顾先生提供），还两次帮忙校对菲氏原作（根据菲氏 1879 年版等），以求将差错减到最少。同时我也要感谢乔旸先生，他提供了 Bull 的插图本并对这初版书中的一些彩图和顾先生提供的初版书中的彩图作高精度扫描，以求本书中的插图有较好效果。

看本书校样时，收到宋政澔先生对拙译菲《柔》第二版的详细建议，让我对一些译文重作审视并有若干改动，在此一并致谢。

黄杲炘

2015 年 8 月

目录

柔巴依集第一版（1859）75首
Rene Bull 插图（1913）① / 1

柔巴依集第二版（1868）110首
Doris Palmer 插图（1921）/ 63

柔巴依集第四版（1879）101首②
Arthur Szyk 插图（1940）/ 149

Robert Stewart Sherriffs 插图（1947）/ 225
注释 / 238

附录一 《柔巴依集》——富有传奇色彩的诗篇 / 252
附录二 2013年"译者前言"（为菲氏原作第二版拙译作）/ 279
后记 说不尽的"柔巴依" / 292
附记 / 297
又记 / 299
各版柔巴依编号对照表 / 300

---

① 本书仅用了其中的10幅彩图。
② 菲氏《柔巴依集》从第三版（1872）起已是101首，次序也已固定，它与第四版之间的差别，以及"第五版"与第四版之间的差别，可见注释。

FIRST EDITION

MDCCCLIX

I

AWAKE! for Morning in the Bowl of Night [1]
Has flung the Stone that puts the Stars to Flight:
   And Lo! the Hunter of the East has caught
The Sultán's Turret in a Noose of Light. [2]

II

Dreaming when Dawn's Left Hand was in the Sky [3]
I heard a Voice within the Tavern cry,
   "Awake, my Little ones, and fill the Cup
"Before Life's Liquor in its Cup be dry." [4]

第一版

1859

1

醒醒吧！黎明已在黑夜的碗中
投进那石球，叫星斗飞离天穹；
　看哪！那东方猎手的光明之索
已经把苏丹的塔楼稳稳套中。

2

晨曦的左手伸进空中，我听见
梦中酒肆里有个声音在呼喊：
　"醒醒吧，孩子们，快快斟满杯盏，
要趁杯中的生命之酒还没干。"

III

And, as the Cock crew, those who stood before

The Tavern shouted—"Open then the Door!

   "You know how little while we have to stay,

"And, once departed, may return no more."[5]

IV

Now the New Year reviving old Desires,[6]

The thoughtful Soul to Solitude retires,

   Where the WHITE HAND OF MOSES on the Bough[7]

Puts out, and Jesus from the Ground suspires.[8]

V

Irám indeed is gone with all its Rose,[9]

And Jamshýd's Sev'n-ring'd Cup where no one knows;[10]

   But still the Vine her ancient Ruby yields,

And still a Garden by the Water blows.

3

公鸡开始啼叫;在酒肆的门外,
站着的人群喊道:"快把门打开!
　你知道,我们的逗留多么短暂,
而一旦离去,就永远不得回来。"

4

新岁使陈旧的欲望焕发生机,
沉思的性灵退到孤寂中隐匿——
　那里,**摩西的素手**出现在枝头,
大地上处处可闻耶稣的气息。

5

伊兰苑同它的玫瑰荡然无存,
杰姆西王的七环杯湮没无闻;
　但葡萄依然酿出古老的红酒,
依然有傍水的园子花开缤纷。

VII

And David's Lips are lock't; but in divine [11]
High piping Péhlevi, with "Wine! Wine! Wine! [12]
   "*Red* Wine!"—the Nightingale cries to the Rose
That yellow Cheek of her's to'incarnadine.

VIII

Come, fill the Cup, and in the Fire of Spring
The Winter Garment of Repentance fling:
   The Bird of Time has but a little way
To fly—and Lo! the Bird is on the Wing. [13]

VIIII

And look—a thousand Blossoms with the Day
Woke—and a thousand scatter'd into Clay:
   And this first Summer Month that brings the Rose [14]
Shall take Jamshýd and Kaikobád away. [15]

6

大卫的歌唇紧锁;但是夜莺啊
使血色涌上玫瑰萎黄的脸颊——
　　她,操着神妙的巴列维语尖叫:
"来酒!来酒!来红酒!快来红酒啊!"

7

来,把杯盏斟满;往春天的火里
抛去你悔恨交加的隆冬外衣;
　　时光之鸟只能飞短短的距离——
看哪!这只鸟已经在振翅扑翼

8

你瞧!一千朵花儿随白昼醒来,
一千朵花儿飘零了化作尘埃;
　　就是这带来玫瑰的初夏月份
要带杰姆西,要带凯柯巴离开。

富有传奇色彩的诗篇

IX

But come with old Khayyám, and leave the Lot
Of Kaikobád and Kaikhosrú forgot: [16]
　　Let Rustum lay about him as he will, [17]
Or Hátim Tai cry Supper—heed them not. [18]

X

With me along some Strip of Herbage strown
That just divides the desert from the sown,
　　Where name of Slave and Sultán scarce is known,
And pity Sultán Máhmúd on his Throne. [19]

XI [20]

Here with a Loaf of Bread beneath the Bough,
A Flask of Wine, a Book of Verse—and Thou
　　Beside me singing in the Wilderness—
And Wilderness is Paradise enow.

9

还是随老哈亚姆来吧,凯柯巴
和凯霍思茹的命运别去记挂!
　让茹斯图姆任意去横冲直撞,
让哈蒂姆·泰喊开饭:你别管他。

10

随我去狭长的牧草地带转转——
它隔开了沙漠和下种的农田;
　在那里,君奴之称几乎被遗忘;
可怜,高踞宝座的马穆德苏丹。

11

这里,树荫下伴我的是个面包,
是一瓶葡萄美酒和一卷诗抄;
　你也在我身旁,在荒漠中歌唱——
这个荒漠,够得上天堂般美好。

XII

"How sweet is mortal Sovranty!"—think some:
Others—"How blest the Paradise to come!"
 Ah, take the Cash in hand and waive the Rest;
Oh, the brave Music of a *distant* Drum! [21]

XIII

Look to the Rose that blows about us—"Lo,
"Laughing," she says, "into the World I blow:
 "At once the silken Tassel of my Purse
"Tear, and its Treasure on the Garden throw." [22]

XIV

The Worldly Hope men set their Hearts upon
Turns Ashes—or it prospers; and anon, [23]
 Like Snow upon the Desert's dusty Face
Lighting a little Hour or two—is gone. [24]

12

有人想,"人间的王权多么甜蜜!"
有人想,"未来的天堂才是福地!"
　拿好这现钱,撇开其他的一切;
啊,听远远那鼓乐多雄壮华丽!

13

瞧我们身旁玫瑰在盛开,她说:
　"看哪,我笑着来世间绽放花朵,
　　转眼,我香囊上的丝穗已撕碎,
囊中的珍宝就在园子里撒落。"

14

人们所心向神往的世俗企求
　变成了灰烬或一团旺火;而后,
　　像雪花飘落灰蒙蒙沙漠表面,
辉映了一时半刻便化为乌有。

XV

And those who husbanded the Golden Grain,

And those who flung it to the Winds like Rain,

   Alike to no such aureate Earth are turn'd

As, buried once, Men want dug up again.

XVI

Think, in this batter'd Caravanserai

Whose Doorways are alternate Night and Day,

   How Sultán after Sultán with his Pomp

Abode his Hour or two, and went his way.

XVII

They say the Lion and the Lizard keep

The Courts where Jamshýd gloried and drank deep: [25]

   And Bahrám, that great Hunter—the Wild Ass [26]

Stamps o'er his Head, and he lies fast asleep.

15

辛勤耕耘的,种出了金穗玉粒;
挥霍奢靡的,在风中撒粮如雨;
　他们同样都不会化为金沙泥——
一朝埋下,再不会被重新挖起。

16

你想想,这门前便有日夜交替、
已经凋敝破败的队商客栈里,
　一个个苏丹如何在荣华之中
度过其两三个时辰,就此别离。

17

人说杰姆西得意豪饮的宫廷
如今是猛狮和蜥蜴出没之境;
　野驴也在巴拉姆的头上跺脚,
但这伟大的猎手仍酣眠不醒。

富有传奇色彩的诗篇

XVIII

I sometimes think that never blows so red
The Rose as where some buried Cæsar bled; [27]
 That every Hyacinth the Garden wears [28]
Dropt in its Lap from some once lovely Head. [29]

XIX

And this delightful Herb whose tender Green
Fledges the River's Lip on which we lean—
 Ah, lean upon it lightly! for who knows
From what once lovely Lip it springs unseen! [30]

XX

Ah, my Belovéd, fill the Cup that clears
TO-DAY of past Regrets and future Fears—
 To-morrow?—Why, To-morrow I may be
Myself with Yesterday's Sev'n Thousand Years. [31]

18

有时我想,古往今来的玫瑰丛
就数埋过恺撒血肉处的最红——
　那一朵朵的风信子,无非都是
从春风一度的头上坠落园中。

19

草色喜人,毛羽般的新翠嫩绿
满江浒;在这里我们靠下身躯;
　轻轻靠着吧!谁知道从前该是
多美的绛唇,才把它暗中化育!

20

啊,我亲爱的,斟满这今日之杯,
浇却那往日之悔和来日之畏;
　*明天*吗?哎,到明天就连我自己
怕已归入昨天那七千年之内。

XXI

Lo! some we loved, the loveliest and best
That Time and Fate of all their Vintage prest,
　　Have drunk their Cup a Round or two before,
And one by one crept silently to Rest.

XXII

And we, that now make merry in the Room
They left, and Summer dresses in new Bloom, [32]
　　Ourselves must we beneath the Couch of Earth
Descend, ourselves to make a Couch—for whom?

XXIII

Ah, make the most of what we yet may spend,
Before we too into the Dust descend;
　　Dust into Dust, and under Dust, to lie, [33]
Sans Wine, sans Song, sans Singer, and—sans End!

21

瞧！我们钟爱的，是命运和时光
从其收获葡萄中榨出的琼浆——
　　他们已喝下各自的三杯两盏，
一个接一个悄悄爬进了睡乡。

22

如今趁夏日穿着鲜花的衣衫，
我们在他们留下的屋里寻欢；
　　但我们也得沉落到大地床下——
让自己变作床铺给谁来长眠？

23

啊，把还可供享用的尽情享用，
趁我们还没沉落到尘土之中；
　　尘土复归于尘土，长眠尘土下，
无酒无歌无歌手，而且还无穷！

XXIV

Alike for those who for TO-DAY prepare,
And those that after a TO-MORROW stare, [34]
　A Muezzín from the Tower of Darkness cries [35]
"Fools! your Reward is neither Here nor There!"

XXV

Why, all the Saints and Sages who discuss'd
Of the Two Worlds so learnedly, are thrust [36]
　Like foolish Prophets forth; their Words to Scorn
Are scatter'd, and their Mouths are stopt with Dust. [37]

XXVI

Oh, come with old Khayyám, and leave the Wise
To talk; one thing is certain, that Life flies;
　One thing is certain, and the Rest is Lies;
The Flower that once has blown for ever dies.

24

有些人为了**今天**而张罗奔忙，
有些人瞪大眼睛把**明天**巴望；
　穆安津从黑暗之塔高声呼喊：
"蠢货，这儿和那里都没你的报偿！"

25

对两个世界高谈阔论的圣贤，
全像是无聊先知给推在一边；
　他们惹人笑骂的话语已飘散，
连他们的嘴也都被尘土塞满。

26

随老哈亚姆来吧，让智者去讲；
有一点可肯定：人生像飞一样；
　就这点肯定，其余的全是撒谎；
一度盛开的花朵，永归于灭亡。

柔巴依集

富有传奇色彩的诗篇

XXVII

Myself when young did eagerly frequent
Doctor and Saint, and heard great Argument
　　About it and about: but evermore
Came out by the same Door as in I went.

XXVIII

With them the Seed of Wisdom did I sow,
And with my own hand labour'd it to grow:
　　And this was all the Harvest that I reap'd—
"I came like Water, and like Wind I go." [38]

XXIX

Into this Universe, and *why* not knowing, [39]
Nor *whence*, like Water willy-nilly flowing:
　　And out of it, as Wind along the Waste,
I know not *whither*, willy-nilly blowing. [40]

27

年轻时,我对那些学者和圣人
热切地造访;谈生说死的宏论
　倒也颇有所闻:但出来时走的
无非是我进去时走的那道门。

28

我同他们播下的种子是智慧,
又亲手劳作,使种子抽芽吐穗;
　而这就是我得到的全部收获——
"我来如流水,我去宛若风儿吹。"

29

不知什么是*根由*、*哪里*是源头,
就像是流水,无奈地流进宇宙;
　不知哪里是尽头,也不再勾留,
我像是风儿,无奈地吹过沙丘。

XXX

What, without asking, hither hurried *whence*?
And, without asking, *whither* hurried hence!
   Another and another Cup to drown
The Memory of this Impertinence! [41]

XXXI

Up from Earth's Centre through the Seventh Gate
I rose, and on the Throne of Saturn sate, [42]
   And many Knots unravel'd by the Road;
But not the Knot of Human Death and Fate.

XXXII

There was a Door to which I found no Key:
There was a Veil past which I could not see:
   Some little Talk awhile of Me and Thee [43]
There seemed—and then no more of Thee and Me.

30

不问是什么从*哪里*赶来这里，
不问是什么由这里赶往*哪里*！
　接二连三的杯盏能完全淹没
对这种鲁莽无理问题的记忆！

31

从这大地的中心我腾身而起，
通过七道门坐上了土星宝椅；
　一路上解出过多少巧结难题，
但没有解出生死和命运之谜。

32

门户紧锁，我没有找到它钥匙；
帷幕高张，我没法洞察和透视；
　片言只语，**我**和**你**似乎被谈及——
而在这之后，**你**和**我**全将消逝。

XXXIII

Then to the rolling Heav'n itself I cried,

Asking, "What Lamp had Destiny to guide

   "Her little Children stumbling in the Dark?"

And—"A blind Understanding!" Heav'n replied.

XXXIV

Then to this earthen Bowl did I adjourn

My Lip the secret Well of Life to learn:

   And Lip to Lip it murmur'd—"While you live

"Drink!—for once dead you never shall return."

XXXV

I think the Vessel, that with fugitive

Articulation answer'd, once did live,

   And merry-make; and the cold Lip I kiss'd

How many Kisses might it take—and give!

33

于是，我朝着回旋的苍天呼叫——
问道："命运用什么灯盏来引导
　她那些跌跌撞撞的摸黑小孩？"
"用一种盲目的悟性！"苍天答道。

34

于是我把嘴凑向这陶制酒碗，
要去了解那神秘的人生之泉；
　碗口刚沾嘴就咕哝："活着就喝！
因为你一旦去世，就不得回返。"

35

酒碗答话的话音已飘忽难寻，
我想它有过生命，作乐过一阵；
　啊，我吻的这嘴唇多么冷冰冰——
它能接受多少，能给人多少吻！

XXXVI

For in the Market-place, one Dusk of Day,
I watch'd the Potter thumping his wet Clay: [44]
    And with its all obliterated Tongue
It murmur'd—"Gently, Brother, gently, pray!"

XXXVII [45]

Ah, fill the Cup:—what boots it to repeat
How Time is slipping underneath our Feet:
    Unborn TO-MORROW, and dead YESTERDAY,
Why fret about them if TO-DAY be sweet!

XXXVIII

One Moment in Annihilation's Waste,
One Moment, of the Well of Life to taste—
    The Stars are setting and the Caravan
Starts for the Dawn of Nothing—Oh, make haste!

36

因为有一天黄昏,我在集市里
看那位陶工使劲捣他的湿泥;
　湿泥用完全失传的语言咕哝:
"轻些,兄弟! 请你轻一些,求求你!"

37

啊,把杯盏斟满;一遍遍地惊呼
"时间在脚下流逝"又于事何补:
　只要**今天**过得美,未生的**明朝**、
已死的**昨天**,为它们烦恼何苦!

38

寂灭的荒漠里作一片刻羁留;
片刻之中把生命之泉尝一口——
　星斗沉落,瀚海中的旅行商队
向乌有之晨进发。快快喝个够!

XXXIX

How long, how long, in infinite Pursuit
Of This and That endeavour and dispute?
    Better be merry with the fruitful Grape
Than sadden after none, or bitter, Fruit.

XL

You know, my Friends, how long since in my House
For a new Marriage I did make Carouse:
    Divorced old barren Reason from my Bed,
And took the Daughter of the Vine to Spouse. [46]

XLI

For "Is" and "Is-not" though *with* Rule and Line,
And "Up-and-down" *without*, I could define,
    I yet in all I only cared to know,
Was never deep in anything but—Wine. [47]

39

对此和对彼所作的无穷追求
使人努力和争论了多久多久?
　还是让葡萄美酒来添欢解忧,
强似为空无所有或苦果发愁。

40

你知道,朋友,为一次新的婚礼
我早就在家办过狂欢的酒席;
　衰老不孕的理性被我赶下床,
娶来葡萄的女儿做我的爱妻。

41

我虽**用**直尺和线条判断**正误**,
虽**不用**它们来区**分兴衰沉浮**;
　然而在我愿意了解的一切中,
除了酒,我不曾深入任何事物。

XLII

And lately, by the Tavern Door agape,
Came stealing through the Dusk an Angel Shape
   Bearing a Vessel on his Shoulder; and
He bid me taste of it; and 'twas—the Grape!

XLIII

The Grape that can with Logic absolute
The Two-and-Seventy jarring Sects confute: [48]
   The subtle Alchemist that in a Trice
Life's leaden Metal into Gold transmute.

XLIV

The mighty Mahmúd, the victorious Lord, [49]
That all the misbelieving and black Horde
   Of Fears and Sorrows that infest the Soul
Scatters and slays with his enchanted Sword.

42

不久以前,在酒肆洞开的门口,
暮色里悄悄来了人影,他肩头
 扛着个坛子,这可是一位天使;
他叫我尝尝;原来是葡萄美酒!

43

葡萄美酒,它能以绝对的逻辑
驳倒那七十二种教派的争议:
 这狡黠的法师,能把生活之铅
点化成黄金,而变化就在瞬息。

44

这常胜之王马穆德神武非凡,
挥舞着他那法力无边的利剑,
 杀得一切信邪的黑压压贼寇——
那骚扰灵魂的忧惧,纷纷逃窜。

XLV [50]

But leave the Wise to wrangle, and with me
The Quarrel of the Universe let be:
  And, in some corner of the Hubbub coucht,
Make Game of that which makes as much of Thee.

XLVI

For in and out, above, about, below,
'Tis nothing but a Magic Shadow-show,
  Play'd in a Box whose Candle is the Sun,
Round which we Phantom Figures come and go. [51]

XLVII

And if the Wine you drink, the Lip you press,
End in the Nothing all Things end in—Yes—
  Then fancy while Thou art, Thou art but what
Thou shalt be—Nothing—Thou shalt not be less.

45

但是，任那些智者去吵吵闹闹，
让天地间的争执来同我一道；
 在那种喧嚣中找个角落蹲下，
把取笑你的也同样作弄取笑。

46

进进又出出，上上下下地回迁——
这个只是一出走马灯的戏剧；
 灯里的蜡烛是太阳，在它周围
是我们这些幻影来来又去去。

47

如果说，你吻的唇和你喝的酒
都归于万物的结局：子虚乌有，
 试想，如今健在的你只是未来
那乌有之你：到头来你还依旧。

柔巴依集

富有传奇色彩的诗篇

XLVIII

While the Rose blows along the River Brink,

With old Khayyám the Ruby Vintage drink:

   And when the Angel with his darker Draught [52]

Draws up to Thee—take that, and do not shrink.

XLIX

'Tis all a Chequer-board of Nights and Days

Where Destiny with Men for Pieces plays:

   Hither and thither moves, and mates, and slays,

And one by one back in the Closet lays.

L

The Ball no Question makes of Ayes and Noes, [53]

But Right or Left as strikes the Player goes;

   And He that toss'd Thee down into the Field,

He knows about it all—HE knows—HE knows!

48

趁河岸边的玫瑰眼下正开放,
随我老哈亚姆喝喝嫣红佳酿,
　等那位天使捧着浓酒走近你,
你就接过来,可不要退缩惊慌。

49

这是黑夜和白天相间的棋盘,
棋盘上,天意把人当作棋子玩:
　移过来挪过去,吃子又是捉将,
然后,一个个放回小盒里长眠。

50

是对还是错,球不会提出问题,
它飞东飞西,全凭打球者心意;
　他把你抛进场地自有*他*道理——
对呀,自有*他*道理,自有*他*道理!

LI

The Moving Finger writes; and, having writ, [54]
Moves on: nor all thy Piety nor Wit
    Shall lure it back to cancel half a Line,
Nor all thy Tears wash out a Word of it.

LII

And that inverted Bowl we call The Sky,
Whereunder crawling coop't we live and die,
    Lift not thy hands to *It* for help—for It
Rolls impotently on as Thou or I.

LIII

With Earth's first Clay They did the Last Man's knead, [55]
And then of the Last Harvest sow'd the Seed:
    Yea, the first Morning of Creation wrote
What the Last Dawn of Reckoning shall read. [56]

51

手指在书写，写下了字手就移；
无论用你的全部虔诚或智力，
　都没法引手回来抹去半行字——
你全部泪水洗不掉一个字迹。

52

那翻转的大碗我们唤作天空，
下面是我们生死其中的樊笼；
　别举起你双手求它给你帮助——
它滚动之乏力也跟你我相同。

53

用第一把泥将最末一人捏出，
再把末世收成的种子播入土；
　开天辟地头一个早晨写下的，
在末日清算的黎明必将宣读。

LIV

I tell Thee this—When, starting from the Goal,
Over the shoulders of the flaming Foal
    Of Heav'n Parwín and Mushtara they flung, [57]
In my predestin'd Plot of Dust and Soul [58]

LV

The Vine had struck a Fibre; which about
If clings my Being—let the Súfi flout; [59]
    Of my Base Metal may be filed a Key,
That shall unlock the Door he howls without.

LVI

And this I know: whether the one True Light,
Kindle to Love, or Wrathconsume me quite, [60]
    One Glimpse of It within the Tavern caught
Better than in the Temple lost outright.

54

你听我说：从终点出发之时起，
他们就把帕尔温与穆希塔利
　抛过了喷火天驹的肩头，这时，
在我命定是尘土、灵魂的地里

55

葡萄树把须根扎下，如果同它
我把缘结下，就让苏非去笑话；
　我这种贱料也许能锉成钥匙——
能把门打开：他就在门外叫骂。

56

这点我知道，任这一真理之光
激发出爱或天怒，都使我消亡；
　能在酒肆里把这光看上一眼，
也比全然迷失在神殿里要强。

LVII

Oh, Thou, who didst with Pitfall and with Gin
Beset the Road I was to wander in,
    Thou wilt not with Predestination round
Enmesh me, and impute my Fall to Sin?

LVIII

Oh, Thou, who Man of baser Earth didst make,
And who with Eden didst devise the Snake;[61]
    For all the Sin wherewith the Face of Man
Is blacken'd, Man's Forgiveness give—and take![62]

*   *   *

57

你呀,你在我彷徨流浪的路上
布置下陷阱机关和美酒佳酿,
　该不会对我撒下命定的罗网,
再把堕落的罪名安在我头上?

58

你呀,用污泥浊土你把人塑造,
你立伊甸园,还想到造蛇一条;
　人的脸虽然被种种罪过抹黑,
你给人宽容,你从人得到宽饶。

* 　　* 　　*

KÚZA-NÁMA [63]

Listen again. One Evening at the Close
Of Ramazán, ere the better Moon arose, [64]
  In that old Potter's Shop I stood alone [65]
With the clay Population round in Rows.

 [66]

And, strange to tell, among that Earthen Lot
Some could articulate, while others not:
  And suddenly one more impatient cried—
"Who *is* the Potter, pray, and who the Pot?" [67]

壶 罐 篇

59

再听听。斋月将尽的一个傍晚，
姣好的新月还没有升起之前，
　　我独自站在那老陶工作坊里，
周围是一排一排泥胎族成员。

60

说来也奇怪，在那大批泥胎中
有的能发言，有的却非哑即聋；
　　突然，一个急性子的叫喊起来：
"请问，谁算是陶壶，谁算是陶工？"

LXI

Then said another—"Surely not in vain [68]

"My Substance from the common Earth was ta'en,

  "That He who subtly wrought me into Shape

"Should stamp me back to common Earth again."

LXII

Another said—"Why, ne'er a peevish Boy,

"Would break the Bowl from which he drank in Joy;

  "Shall He that *made* the Vessel in pure Love [69]

"And Fansy, in an after Rage destroy!" [70]

LXIII

None answer'd this; but after Silence spake

A Vessel of a more ungainly Make: [71]

  "They sneer at me for leaning all awry;

"What! did the Hand then of the Potter shake?"

61

另一个接着说道:"这绝非徒劳——
从普通泥土中挑出我的材料;
　他把我巧妙地做成这个模样,
竟会再把我踩回普通的泥淖!"

62

又一个说道:"从来没一个顽童
会砸碎让他喝得开怀的陶盅:
　他纯粹出于喜爱而做的器皿
怎肯砸,任以后怎样怒气冲冲!"

63

没有谁接口;沉寂了一阵之后,
有个形象丑陋的东西开了口:
　"他们笑话我,说是我歪歪扭扭——
怎么,陶工的手当时在发抖?"

LXIV

Said one—"Folks of a surly Tapster tell, [72]
"And daub his Visage with the Smoke of Hell;
   "They talk of some strict Testing of us—Pish!
"He's a Good Fellow, and 'twill all be well."

LXV

Then said another with a long-drawn Sigh, [73]
"My Clay with long oblivion is gone dry:
   "But, fill me with the old familiar Juice,
"Methinks I might recover by-and-bye!" [74]

LXVI

So while the Vessels one by one were speaking,
One spied the little Crescent all were seeking: [75]
   And then they jogg'd each other, "Brother! Brother!
"Hark to the Porter's Shoulder-knot a-creaking!" [76]

            *   *   *

64

一个道："人家说起个暴躁酒保，
用地狱之烟把他脸抹得乌糟；
　他们说我们得经受严峻考验——
呸！他是个好样的，事情错不了。"

65

接着的一个吐出长长一声唉：
　"长时间搁置把我干得快裂开；
　但只要给我灌满熟稔的酒浆，
我想，我很快就能够恢复过来！"

66

坛坛罐罐正这样在一一发言，
众所期待的新月已被谁发现：
　于是你推我我碰你，"兄弟！兄弟！
听听搬酒工吱吱作响的垫肩！"

＊　　＊　　＊

LXVII

Ah, with the Grape my fading Life provide,

And wash my Body whence the Life has died,

   And in a Windingsheet of Vine-leaf wrapt,

So bury me by some sweet Garden-side. [77]

LXVIII

That ev'n my buried Ashes such a Snare

Of Perfume shall fling up into the Air,

   As not a True Believer passing by

But shall be overtaken unaware.

LXIX

Indeed the Idols I have loved so long

Have done my Credit in Men's Eye much wrong:

   Have drown'd my Honour in a shallow Cup,

And sold my Reputation for a Song.

67

请为我凋零的生命把酒置办，
请把我死去的身子洗涤一番，
　用葡萄的藤藤叶叶把我装裹，
埋我在某个美好的花园旁边。

68

这样，我遗骸虽然已经被埋葬，
却要向空中撒个芬芳的罗网，
　要让一位位过往的虔诚信徒
不知不觉就被它笼住或缠上。

69

真的，我长期热爱的这些偶像
害苦了我在人们眼中的形象：
　让我的荣誉消融在浅盏之中，
把我的名声只换来一曲歌唱。

LXX

Indeed, indeed, Repentance oft before

I swore—but was I sober when I swore?

    And then and then came Spring, and Rose-in-hand

My thread-bare Penitence apieces tore.

LXXI

And much as Wine has play'd the Infidel,

And robb'd me of my Robe of Honour—well,

    I often wonder what the Vintners buy

One half so precious as the Goods they sell.

LXXII

Alas, that Spring should vanish with the Rose!

That Youth's sweet-scented Manuscript should close! [78]

    The Nightingale that in the Branches sang,

Ah, whence, and whither flown again, who knows!

70

真的,我从前也常常发誓改悔——
但我发誓的时候有没有喝醉?
　然后待春天一来,我手拈玫瑰,
经纬毕露的忏悔就撕成粉碎。

71

酒所扮演的角色是背信弃义,
它居然把我荣誉的罩袍剥去;
　不过我常想知道:酒贩买进的
什么货,有他卖出的一半珍奇。

72

唉,春天哪,竟随同玫瑰而消亡!
芬芳的青春手稿呀,也得合上!
　夜莺啊,曾在树枝间娇啼曼唱——
谁知它来自哪里又飞向何方!

富有传奇色彩的诗篇

LXXIII

Ah Love! could thou and I with Fate conspire
To grasp this sorry Scheme of Things entire,
   Would not we shatter it to bits—and then
Re-mould it nearer to the Heart's Desire! [79]

LXXIV

Ah, Moon of my Delight who know'st no wane,
The Moon of Heav'n is rising once again:
   How oft hereafter rising shall she look
Through this same Garden after me—in vain!

LXXV

And when Thyself with shining Foot shall pass
Among the Guests Star-scatter'd on the Grass,
   And in thy joyous Errand reach the Spot
Where I made one—turn down an empty Glass! [80]

                TAMÁM SHUD. [81]

73

爱人哪，你我若能同命运协力，
把握这全部事理的可悲设计，
　　我们就不用先把它砸个粉碎，
再把它塑造得比较称心如意！

74

我的欢乐之月呀，你永不变细，
瞧那天边的月亮又一次升起：
　　今后她将多少回照遍这园子
把我寻觅，但已见不到我踪迹！

75

而当你自己迈着亮闪闪的脚，
穿过星散的宾客，踏着青青草，
　　欢乐地斟到我曾待过的地方——
请把喝空的酒杯上下颠个倒！

结　束

SECOND EDITION

MDCCCLXVIII

I

WAKE! For the Sun behind yon Eastern height [82]
Has chased the Session of the Stars from Night;
   And, to the field of Heav'n ascending, strikes
The Sultán's Turret with a Shaft of Light.

II

Before the phantom of False morning died, [83]
Methought a Voice within the Tavern cried,
   "When all the Temple is prepared within,
"Why lags the drowsy Worshipper outside?"

第 二 版

1868

1

醒醒！太阳在东面那高山背后
已把聚会的星星从黑夜赶走；
　它渐渐上升，升向田野般天空，
那光明之箭已射中苏丹塔楼。

2

在虚假黎明的幻影消逝以前，
酒店里似乎有嗓音高声叫喊：
　"神殿中的一切都已准备妥当，
殿外的困倦信徒为何还拖延？"

III

And, as the Cock crew, those who stood before

The Tavern shouted—"Open then the Door!

   "You know how little while we have to stay,

"And, once departed, may return no more."

IV

Now the New Year reviving old Desires,

The thoughtful Soul to Solitude retires,

   Where the WHITE HAND OF MOSES on the Bough

Puts out, and Jesus from the Ground suspires. [84]

V

Iram indeed is gone with all his Rose,

And Jamshýd's Sev'n-ring'd Cup where no one knows; [85]

   But still a Ruby gushes from the Vine,

And many a Garden by the Water blows.

3

这时公鸡在啼晓；酒店的门外，
站着的人群喊道："快把门打开！
　你知道，我们的逗留多么短暂，
而一旦离去，就永远不得回来。"

4

新岁使陈旧的欲望焕发生机，
沉思的性灵退到孤寂中隐匿——
　那里，**摩西的素手**绽放在枝头，
大地上处处可闻耶稣的气息。

5

伊兰苑同他的玫瑰荡然无存，
杰姆西王的七环杯湮没无闻；
　但葡萄藤间红宝石仍在闪亮，
多少傍水的园子里花开缤纷

柔巴依集

富有传奇色彩的诗篇

VI

And David's lips are lockt; but in divine

High-piping Péhlevi, with "Wine! Wine! Wine [86]

    "Red Wine!"—the Nightingale cries to the Rose

That sallow cheek of her's to incarnadine.

VII

Come, fill the Cup, and in the fire of Spring

Your Winter-garment of Repentance fling:

    The Bird of Time has but a little way

To flutter—and the Bird is on the Wing.

VIII

Whether at Naishápúr or Babylon, [87]

Whether the Cup with sweet or bitter run,

    The Wine of Life keeps oozing drop by drop,

The Leaves of Life keep falling one by one.

6

大卫的歌唇紧锁;但是夜莺啊
叫血色涌上玫瑰萎黄的脸颊——
　她,操着神妙的巴列维语尖叫:
"来酒来酒!来红酒!快来红酒吧!"

7

来,把杯盏斟满;往春天的火里
抛去你悔恨交加的隆冬外衣;
　时光之鸟只能飞短短的距离——
而现在,这只鸟正在振翅扑翼。

8

不管在内沙布尔或在巴比伦,
不管杯中物是酸苦还是香醇,
　生活之酒一滴滴不住地沥出,
生命之叶一片片不停在飘零。

IX

Morning a thousand Roses brings, you say;

Yes, but where leaves the Rose of yesterday?

    And this first Summer month that brings the Rose

Shall take Jamshýd and Kaikobád away. [88]

X

Well, let it take them! What have we to do

With Kaikobád the Great, or Kaikhosrú?

    Let Rustum cry "To Battle!" as he likes,

Or Hátim Tai "To Supper!"—heed not you. [89]

XI

With me along the strip of Herbage strown

That just divides the desert from the sown,

    Where name of Slave and Sultán is forgot—

And Peace to Máhmúd on his golden Throne! [90]

9

你说是早晨会带来玫瑰千朵;
可哪里又是昨天玫瑰的下落?
　就是这带来玫瑰的初夏月份
要带杰姆西,要带凯柯巴湮没。

10

那就让他们湮没!凯柯巴大帝、
凯霍斯茹,同我们有什么关系?
　让茹斯图姆随心所欲叫"开战!"
让哈蒂姆·泰叫"开饭!"——你别搭理。

11

随我走走这狭长的牧草地带,
它把沙漠和下种的耕地隔开,
　奴隶、苏丹之称在这里被忘怀——
但愿马穆德在其宝座上安泰!

XII

Here with a little Bread beneath the Bough,

A Flask of Wine, a Book of Verse—and Thou

   Beside me singing in the Wilderness—

Oh, Wilderness were Paradise enow!

XIII

Some for the Glories of This World; and some

Sigh for the Prophet's Paradise to come;

   Ah, take the Cash, and let the Promise go,

Nor heed the music of a distant Drum! [91]

XIV

Were it not Folly, Spider-like to spin

The Thread of present Life away to win—

   What? for ourselves, who know not if we shall

Breathe out the very Breath we now breathe in!

12

这里树荫下有个小小的面包,
有一瓶葡萄美酒和一卷诗抄——
　你也在我身旁,在荒漠中歌唱——
啊,荒漠中,这天堂已经够美好!

13

有些人追求世上的荣耀风光,
有些人巴望教祖许诺的天堂;
　啊,取下这现钱,别理会那许诺——
远处那隆隆鼓乐别放在心上!

14

这难道还不傻:去学蜘蛛的样,
织掉这今生之丝换什么报偿?
　我们哪,弄不清将要呼出的气
是否同我们现在吸进的一样!

XV

Look to the blowing Rose about us—"Lo,
"Laughing," she says, "into the world I blow:
　"At once the silken tassel of my Purse
"Tear, and its Treasure on the Garden throw."[92]

XVI

For those who husbanded the Golden grain,
And those who flung it to the winds like Rain,
　Alike to no such aureate Earth are turn'd
As, buried once, Men want dug up again.

XVII

The Worldly Hope men set their Hearts upon
Turns Ashes—or it prospers; and anon,
　Like Snow upon the Desert's dusty Face,
Lighting a little hour or two—was gone.

15

瞧我们身边盛开的玫瑰,她说:
"看哪,我笑着来世上绽放花朵,
　转眼,我香囊上的丝穗已撕碎,
囊中的珍宝就在园子里撒落。"

16

克勤克俭的,积攒着金颗玉粒;
挥霍奢靡的,在风中撒粮如雨:
　他们同样都不会化作金沙泥——
一朝埋下,再不会被重新掘起。

17

人们所心向神往的世俗企求
　变成了灰烬或一团旺火;尔后,
　像雪花飘落灰蒙蒙沙漠表面,
辉映了一时半刻便化为乌有。

柔巴依集

富有传奇色彩的诗篇

XVIII

Think, in this batter'd Caravanserai
Whose Portals are alternate Night and Day,
　　How Sultán after Sultán with his Pomp
Abode his destin'd Hour, and went his way.

XIX

They say the Lion and the Lizard keep
The Courts where Jamshýd gloried and drank deep:
　　And Bahrám, that great Hunter—the Wild Ass [93]
Stamps o'er his Head, but cannot break his Sleep.

XX

The Palace that to Heav'n his pillars threw, [94]
And Kings the forehead on his threshold drew—
　　I saw the solitary Ringdove there,
And "Coo, coo, coo," she cried; and "Coo, coo, coo." [95]

18

这队商客栈大门口日夜交替,
你想想,在这种凋敝破败之地,
　一个个苏丹如何在荣华之中
待到他命定的时辰,就此别离。

19

人说杰姆西得意豪饮的宫殿
如今是猛狮和蜥蜴出没其间;
　野驴也在巴拉姆的头上跺脚,
但没惊醒这伟大猎手的长眠。

20

当初那宫殿的柱子插向云霄,
宫门前叩首的君主知有多少——
　我见过那里孤独的花尾鸽子,
也曾听她咕咕咕、咕咕咕啼叫。

XXI

Ah, my Belovéd, fill the Cup that clears
TO-DAY of past Regrets and future Fears:
   To-morrow! –Why, Tomorrow I may be
Myself with Yesterday's Sev'n thousand Years.^[96]

XXII

For some we loved, the loveliest and the best
That from his Vintage rolling Time has prest,
   Have drunk their Cup a Round or two before,
And one by one crept silently to rest.

XXIII

And we, that now make merry in the Room
They left, and Summer dresses in new Bloom,
   Ourselves must we beneath the Couch of Earth
Descend, ourselves to make a Couch—for whom?

21

啊，我亲爱的，斟满这**今日**之杯，
浇却那往日之悔和来日之畏；
　明天吗？哎，到明天就连我自己
可能也归入昨天那七千年内。

22

因为我们所爱的，是滚滚时光
从其收获葡萄中榨出的琼浆——
　他们已喝干各自的三杯两盏，
一个接一个安静地爬进睡乡。

23

眼下趁夏日穿着鲜花的衣衫，
我们在他们留下的屋里寻欢；
　但我们也得沉落到大地床下——
让自己变作床铺给谁来长眠？

柔巴依集

富有传奇色彩的诗篇

XXIV

I sometimes think that never blows so red
The Rose as where some buried Cæsar bled;
　That every Hyacinth the Garden wears [97]
Dropt in her Lap from some once lovely Head.

XXV

And this delightful Herb whose living Green
Fledges the River's Lip on which we lean—
　Ah, lean upon it lightly! for who knows
From what once lovely Lip it springs unseen! [98]

XXVI

Ah, make the most of what we yet may spend,
Before we too into the Dust descend;
　Dust into Dust, and under Dust, to lie, [99]
Sans Wine, sans Song, sans Singer, and—sans End!

24

有时我想：古往今来的玫瑰丛
就数埋过恺撒血肉处的最红——
　　如今一朵朵风信子，无非都是
从春风一度的头上坠落园中。

25

草色喜人，毛羽般的新翠鲜绿
满江浒；在这里我们靠下身躯：
　　轻轻靠着吧！谁知道，从前该是
多美的绛唇才把它暗中化育！

26

啊，把可供享用的尽情享用，
趁我们还没沉落到泥土之中；
　　尘土复归于尘土，长眠尘土下，
无酒无歌无歌手，而且还无穷！

XXVII

Alike for those who for TO-DAY prepare,
And those that after some TO-MORROW stare,
   A Muezzín from the Tower of Darkness cries, [100]
"Fools! your Reward is neither Here nor There!"

XXVIII

Another Voice, when I am sleeping, cries,
"The Flower should open with the Morning skies."
   And a retreating Whisper, as I wake—
"The Flower that once has blown for ever dies." [101]

XXIX

Why, all the Saints and Sages who discuss'd
Of the Two Worlds so learnedly, are thrust [102]
   Like foolish Prophets forth; their Words to Scorn
Are scatter'd, and their Mouths are stopt with Dust.

27

有些人为了**今天**而张罗奔忙,
有些人睁大眼睛把**明天**盼望;
　穆安津从黑暗之塔高声叫喊:
"蠢货!这儿和那里都没你的报偿!"

28

在我熟睡时,另有嗓音在嚷嚷:
"花朵应该随天色破晓而开放。"
　醒来却听到越来越远的低语——
"一度盛开的花朵永归于灭亡。"

29

对两个世界高谈阔论的圣贤,
全像是无聊先知给推在一边;
　他们惹人笑骂的话语已飘散,
连他们的嘴也都被尘土塞满。

XXX

Myself when young did eagerly frequent

Doctor and Saint, and heard great argument

   About it and about: but evermore

Came out by the same door as in I went. [103]

XXXI

With them the seed of Wisdom did I sow,

And with my own hand wrought to make it grow:

   And this was all the Harvest that I reap'd—

"I came like Water, and like Wind I go." [104]

XXXII

Into this Universe, and *why* not knowing,

Nor *Whence*, like Water willy-nilly flowing:

   And out of it, as Wind along the Waste,

I know not *Whither*, willy-nilly blowing. [105]

30

年轻时，我对那些学者和圣人
热切地造访；谈生说死的宏论
  倒也颇有所闻：但出来时走的
无非是我进去时走的那道门。

31

我同他们播下的种子是智慧，
又亲手劳作，使种子抽芽吐穗；
  而这就是我得到的全部收获——
"我来时宛若流水，去时如风吹。"

32

不知什么是*根由*、哪里是*源头*，
就像是流水，无奈地流进宇宙；
  不知哪里是尽头，也不再逗留，
我像是风儿，无奈地吹过沙丘。

XXXIII

What, without asking, hither hurried *Whence*?
And, without asking, *Whither* hurried hence!
　　Ah, contrite Heav'n endowed us with the Vine
To drug the memory of that insolence!

XXXIV

Up from Earth's Centre through the Seventh Gate
I rose, and on the Throne of Saturn sate, [106]
　　And many Knots unravel'd by the Road;
But not the Master-Knot of Human Fate.

XXXV

There was the Door to which I found no Key:
There was the Veil through which I could not see:
　　Some little talk awhile of Me and Thee [107]
There was—and then no more of Thee and Me.

33

不问是什么从*哪里*赶来这里？
也不问从这里匆匆赶往*哪里*！
　啊，痛悔的老大把酒赐给我们，
麻醉我们对唐突问题的记忆！

34

从这大地的中心我腾身而起，
通过七重门坐上了土星宝椅；
　一路上解出过多少巧结难题，
但没有解出人类命运这大谜。

35

那里有道门，我没找到它钥匙；
那里有帷幕，我也没办法透视；
　三言两语，**我**和**你**被谈及片时——
而在此以后，**你**和**我**全将消逝

XXXVI [108]

Earth could not answer; nor the Seas that mourn
In flowing Purple, of their Lord forlorn;
   Nor Heaven, with those eternal Signs reveal'd [109]
And hidden by the sleeve of Night and Morn.

XXXVII

Then of the THEE IN ME who works behind
The Veil of Universe I cried to find
   A Lamp to guide me through the darkness; and
Something then said—"An Understanding blind."

XXXVIII

Then to the Lip of this poor earthen Urn
I lean'd, the secret Well of Life to learn:
   And Lip to Lip it murmur'd—"While you live,
"Drink!—for, once dead, you never shall return."

36

大地答不出，丧失主公的大海
哀痛得紫波滚滚，也答不上来；
　天庭以日夜之袖让那永恒的
十二宫隐或现，这谜也没解开。

37

我中之你在万象的幕后运作；
我想找到一盏灯能够引导我
　穿过黑暗，于是就发出吁求；
"盲目的悟性，"这时有个声音说。

38

随后，我凑近粗笨的陶质大杯
去寻味人生秘泉；杯口刚沾嘴，
　它就对着嘴咕哝："活着就喝吧！
因为你一旦去世，就不得返回。"

富有传奇色彩的诗篇

I think the Vessel, that with fugitive

Articulation answer'd, once did live,

    And drink; and that impassive Lip I kiss'd,

How many Kisses might it take—and give!

For I remember stopping by the way

To watch a Potter thumping his wet Clay: [110]

    And with its all-obliterated Tongue

It murmur'd—"Gently, Brother, gently, pray!"

For has not such a Story from of Old

Down Man's successive generations roll'd [111]

    Of such a clod of saturated Earth

Cast by the Maker into Human mould?

39

那酒杯答话的话音飘忽难寻,
但我想,它曾有生命也曾酣饮;
 我吻的那嘴唇多么冷淡麻木,
它能接受多少,能给人多少吻!

40

因为,我想起曾经在路旁站立,
看一个陶工使劲地捣着湿泥;
 湿泥用完全失传的语言咕哝:
"轻些,兄弟!请你轻一些,求求你!"

41

因为,正是用饱含水分的泥团,
造物主塑出人类的形体容颜;
 这样的故事还不是自古就有——
随人们绵延的世代往下流传?

XLII

And not a drop that from our Cups we throw [112]

On the parcht herbage but may steal below

   To quench the fire of Anguish in some Eye

There hidden—far beneath, and long ago.

XLIII

As then the Tulip for her wonted sup

Of Heavenly Vintage lifts her chalice up,

   Do you, twin offspring of the soil, till Heav'n

To Earth invert you like an empty Cup.

XLIV

Do you, within your little hour of Grace,

The waving Cypress in your Arms enlace,

   Before the Mother back into her arms

Fold, and dissolve you in a last embrace.

42

我们洒在焦枯牧草上的醇酒,
一点一滴都悄悄往地下渗透,
　　滴进那久隐深藏的某只眼睛,
使眼中的痛苦之火化为乌有。

43

举着高脚圣餐杯,郁金香渴望
喝惯的天赐琼浆;要像她那样,
　　你这泥土的孪生子,直到老天
把你像一只空杯覆倒在地上。

44

在你享受天恩的短短时刻里,
把那风姿如翠柏的搂在怀里,
　　趁大地母亲还没有把你抱回——
把你消融在她最后的拥抱里。

XLV

And if the Cup you drink, the Lip you press,
End in what All begins and ends in—Yes;
  Imagine then you *are* what heretofore
You *were*—hereafter you shall not be less.

XLVI

So when at last the Angel of the drink [113]
Of Darkness finds you by the river-brink,
  And, proffering his Cup, invites your Soul
Forth to your Lips to quaff it—do not shrink.

XLVII

And fear not lest Existence closing *your*
Account, should lose, or know the type no more;
  The Eternal Sáki from that Bowl has pour'd
Millions of Bubbles like us, and will pour.

45

如果说，你吻的唇和你喝的酒
归于万物开始与结果的乌有，
  那就想一想，*如今*的你既然是
*此前*的你：那你到头来还依旧。

46

所以到最后，在那条河的边沿，
当那里的黑酒天使把你发现，
  向你的灵魂递上个他的酒杯
邀请你一饮而尽：别畏缩不前。

47

别害怕*你的*那笔账一朝勾销，
这样的事情世界将不再知道；
  我们这种酒沫他泼掉过亿万，
那永恒的酒保还会不断泼掉。

XLVIII

When You and I behind the Veil are past,
Oh but the long long while the World shall last,
    Which of our Coming and Departure heeds
As much as Ocean of a pebble-cast.

XLIX

One Moment in Annihilation's Waste,
One Moment, of the Well of Life to taste—
    The Stars are setting, and the Caravan
Draws to the Dawn of Nothing—Oh make haste!

L

Would you that spangle of Existence spend [114]
About THE SECRET—quick about it, Friend!
    A Hair, they say, divides the False and True—
And upon what, prithee, does Life depend?

48

你和我消失在那道帷幕之后,
世界呀还将会延续很久很久;
　它并不在意我们到来和别离,
犹如大洋不在乎抛进块石头。

49

寂灭的荒漠里作一片刻羁留:
片刻之中把生命之泉尝一口——
　星斗沉落,瀚海中的旅行商队
朝乌有之晨挪动——快呀,喝个够!

50

为了这**奥秘**,朋友,若是你愿意
耗掉你生命的珠片,那就快去!
　据说,真理和谬误只差根毫发——
但请问,人生能依靠什么东西?

LI

A Hair, they say, divides the False and True;
Yes; and a single Alif were the clue, [115]
    Could you but find it, to the Treasure-house,
And peradventure to THE MASTER too;

LII

Whose secret Presence, through Creation's veins
Running, Quicksilver-like eludes your pains:
    Taking all shapes from Máh to Máli; and [116]
They change and perish all—but He remains;

LIII

A moment guess'd—then back behind the Fold
Immerst of Darkness round the Drama roll'd
    Which, for the Pastime of Eternity,
He does Himself contrive, enact, behold.

51

据说，毫发就分出真理和谬误；
对；只要找得到，单是个阿里夫
　便是通向那仙窟宝库的线索，
或者，偶尔也通向我们**那位主**；

52

隐而不露，他在众生的血脉中
水银般流散，避开你苦苦寻踪；
　他所赋形的万物，从鱼到月亮，
在变化和消亡；他却永存无终；

53

片刻的疑猜，回到屏风的后面——
那里，戏台的周围弥漫着黑暗；
　他为了消磨无穷无尽的永恒，
亲自把戏剧编排、导演和观看。

LIV

But if in vain, down on the stubborn floor
Of Earth, and up to Heav'n's unopening Door,
　　You gaze To-day, while You are You—how then
To-morrow, You when shall be You no more?

LV

Oh, plagued no more with Human or Divine,
To-morrow's tangle to itself resign,
　　And lose your fingers in the tresses of
The Cypress-slender Minister of Wine. [117]

LVI

Waste not your Hour, nor in the vain pursuit
Of This and That endeavour and dispute;
　　Better be merry with the fruitful Grape
Than sadden after none, or bitter, Fruit.

54

你今天还是你，如果只能仰望
那云霄之外重门紧闭的天堂，
　或俯视倔强的大地，一筹莫展——
那明天你不再是你，又将怎样？

55

别再为人间和天上烦恼不已，
明天的纠缠留给明天去清理；
　啊，那侑酒的犹如翠柏般苗条，
让你的手指迷失在其发丝里。

56

别浪费光阴，为种种无谓图谋
让自己疲于追求还争论不休；
　能够有添欢解忧的葡萄美酒，
强似为空无所有或苦果发愁。

富有传奇色彩的诗篇

LVII

You know, my Friends, how bravely in my House
For a new Marriage I did make Carouse:
    Divorced old barren Reason from my Bed,
And took the Daughter of the Vine to Spouse. [118]

LVIII

For "Is" and "Is-not" though with Rule and Line,
And "Up-and-down" by Logic I define,
    Of all that one should care to fathom, I
Was never deep in anything but—Wine. [119]

LIX

Ah, but my Computations, People say,
Have squared the Year to human compass, eh? [120]
    If so, by striking from the Calendar
Unborn To-morrow, and dead Yesterday.

57

你知道,朋友,为一次新的婚礼
我家中办过欢闹的豪奢酒席;
　衰老不育的理性被我赶下床,
娶来葡萄的女儿做我的爱妻。

58

我虽靠直尺和线条区分**正误**,
也能够凭逻辑判断**兴衰沉浮**,
　但在人愿意探索的一切之中,
除了酒我从未深入任何事物。

59

啊,可百姓不是说我那些演算
修订了历法,让大家使用方便?
　其实,这不过是从历书中勾掉
未生的明天和已死去的昨天。

LX

And lately, by the Tavern Door agape,
Came shining through the Dusk an Angel Shape
　　Bearing a Vessel on his Shoulder; and
He bid me taste of it; and 'twas—the Grape!

LXI

The Grape that can with Logic absolute
The Two-and-Seventy jarring Sects confute: [121]
　　The sovereign Alchemist that in a trice
Life's leaden metal into Gold transmute:

LXII

The mighty Mahmúd, Allah-breathing Lord, [122]
That all the misbelieving and black Horde
　　Of Fears and Sorrows that infest the Soul
Scatters before him with his whirlwind Sword.

60

不久以前,在酒店洞开的门口,
暮色里来了位天使,他的肩头
　　扛一个坛子,全身闪耀着光辉;
他叫我尝尝:原来是葡萄美酒!

61

葡萄美酒,它能以绝对的逻辑
驳倒那七十二种教派的争议;
　　这至高的法师,能把生活之铅
点化成黄金:而变化只在瞬息。

62

这是强大的马穆德替天行道,
他手中利剑挥舞得犹如旋飙,
　　杀得那一帮信邪的黝黑贼寇——
那骚扰灵魂的忧愁,纷纷溃逃。

LXIII

Why, be this Juice the growth of God, who dare
Blaspheme the twisted tendril as a Snare? [123]
   A Blessing, we should use it, should we not?
And if a Curse—why, then, Who set it there?

LXIV

I must abjure the Balm of Life, I must,
Scared by some After-reckoning ta'en on trust,
   Or lured with Hope of some Diviner Drink,
When the frail Cup is crumbled into Dust!

LXV

If but the Vine and Love-abjuring Band
Are in the Prophet's Paradise to stand,
   Alack, I doubt the Prophet's Paradise
Were empty as the hollow of one's Hand.

63

如果是神的庄稼酿成这酒浆,
谁敢亵渎盘曲的卷须是罗网?
  如果是赐福,难道就不该享用?
如果是祸殃,那是谁降祸世上?

64

同这人生的慰藉得一刀两断——
或者因害怕赊账在身后清算,
  或者还指望有某种神妙饮料
灌进我零落成泥的脆弱杯盏。

65

如果在教祖的那个极乐天府
只有断酒绝爱的不喝酒信徒,
  唉,那我就怀疑这教祖的天堂
同凹下的掌心一样了无一物。

LXVI

Oh threats of Hell and Hopes of Paradise!
One thing at least is certain—*This* Life flies:
   One thing is certain and the rest is Lies;
The Flower that once is blown for ever dies.

LXVII

Strange, is it not? that of the myriads who
Before us pass'd the door of Darkness through
   Not one returns to tell us of the Road,
Which to discover we must travel too.

LXVIII

The Revelations of Devout and Learn'd
Who rose before us, and as Prophets burn'd,
   Are all but Stories, which, awoke from Sleep
They told their fellows, and to Sleep return'd.

66

啊，对地狱天堂的恐惧和渴望！
至少可肯定：*此生*就像飞一样；
　就这点肯定，其他全都是撒谎；
一度盛开的花朵，永归于灭亡。

67

这难道不奇怪？不计其数的人
在我们之前走过那黑暗之门，
　竟没有一个回来讲讲那条路——
要探知究竟，我们得自己去访问。

68

就像是烈火焚身的那些先知，
先圣先贤也留下了众多启示，
　那些都只是他们给同伴讲的——
在醒来和重睡之间讲的故事。

LXIX

Why, if the Soul can fling the Dust aside,
And naked on the Air of Heaven ride,
   Is't not a shame—is't not a shame for him
So long in this Clay suburb to abide!

LXX

But that is but a Tent wherein may rest
A Sultan to the realm of Death addrest;
   The Sultan rises, and the dark Ferrásh [124]
Strikes, and prepares it for another guest.

LXXI

I sent my Soul through the Invisible,
Some letter of that After-life to spell:
   And after many days my Soul return'd
And said, "Behold, Myself am Heav'n and Hell:"

69

灵魂若能够把躯壳丢在一边,
赤裸裸遨游在天地大气之间,
  它竟不感到羞惭,不感到羞惭——
长久居留在这么个泥骸里面!

70

这个只是给苏丹休憩的帐篷,
让他在前去冥国的途中使用;
  待苏丹起驾,那个黑魆魆管事
随即收起,准备给下一位提供。

71

我派我灵魂穿过那幽冥而去,
想拼缀身后生活的一言半语;
  多天之后我灵魂才回来说道:
"看吧,我本身便是天堂和地狱。"

LXXII

Heav'n but the Vision of fulfill'd Desire,
And Hell the Shadow of a Soul on fire,
   Cast on the Darkness into which Ourselves,
So late emerg'd from, shall so soon expire.

LXXIII

We are no other than a moving row
Of visionary Shapes that come and go
   Round with this Sun-illumin'd Lantern held [125]
In Midnight by the Master of the Show;

LXXIV

Impotent Pieces of the Game He plays
Upon this Chequer-board of Nights and Days;
   Hither and thither moves, and checks, and slays;
And one by one back in the Closet lays.

72

天堂只是满足了欲望的幻境,
地狱只是受火刑的灵魂之影
　　投射于一片黑暗中:我们刚从
那里现身,得很快在那里消隐。

73

我们无非是一串幻影在转动,
绕着那中间的亮光来去匆匆;
　　这亮光发自太阳点亮的灯笼,
这灯笼,那主宰夜半提在手中。

74

在这个日夜相间的棋枰上面,
他所摆弄的棋子无能又可怜——
　　移过来挪过去,吃子又是捉将,
然后一个个放回小盒里长眠。

LXXV

The Ball no question makes of Ayes and Noes, [126]
But Right or Left as strikes the Player goes;
    And He that toss'd you down into the Field,
He knows about it all—HE knows—HE knows!

LXXVI

The Moving Finger writes; and, having writ, [127]
Moves on: nor all your Piety nor Wit
    Shall lure it back to cancel half a Line,
Nor all your Tears wash out a Word of it.

LXXVII

For let Philosopher and Doctor preach
Of what they will, and what they will not—each
    Is but one Link in an eternal Chain
That none can slip, nor break, nor over-reach.

75

是对还是错,球不会提出问题,
它飞东飞西,全凭打球者心意;
　他把你抛进场地自有*他*道理——
对呀,自有**他**道理,自有**他**道理!

76

手指在书写,写下了字手就移;
无论用你的全部虔诚或智力,
　都不能引它回来抹去半行字——
你全部泪水洗不掉一个字迹。

77

让那些哲人和学者唠叨说教,
讲他们愿讲或者不愿讲的道——
　那只是无穷长链的一个环节:
没谁能脱节、超越或使它断掉。

LXXVIII

And that inverted Bowl we call The Sky,

Whereunder crawling coop'd we live and die,

   Lift not your hands to *It* for help—for It

As impotently rolls as you or I.

LXXIX

With Earth's first Clay They did the Last Man knead, [128]

And there of the Last Harvest sow'd the Seed:

   And the first Morning of Creation wrote

What the Last Dawn of Reckoning shall read.

LXXX

Yesterday *This* Day's Madness did prepare; [129]

To-morrow's Silence, Triumph, or Despair:

   Drink! for you know not whence you came, nor why:

Drink! for you know not why you go, nor where.

78

那翻转的大碗我们唤作天空，
下面是我们生死其中的樊笼；
　别举起双手求它来给你帮助——
它滚动之乏力也和你我相同。

79

用第一把泥将最末一人捏出，
又把末世收成的种子播入土：
　开天辟地头一个早晨所写的，
在末日清算的黎明必将宣读。

80

昨天，准备了今天的痴癫、疯狂；
酝酿了明天的沉默、凯旋、绝望：
　喝吧，你又不知从何来、为何来：
喝吧，你又不知因何去、去何方。

LXXXI

I tell you this—When, started from the Goal,

Over the flaming shoulders of the Foal

    Of Heav'n Parwín and Mushtari they flung,

In my predestin'd Plot of Dust and Soul [130]

LXXXII

The Vine had struck a fibre: which about

If clings my Being—let the Dervish flout;

    Of my Base metal may be filed a Key,

That shall unlock the Door he howls without.

LXXXIII

And this I know: whether the one True Light,

Kindle to Love, or Wrath-consume me quite,

    One Flash of It within the Tavern caught

Better than in the Temple lost outright.

81

你听我说：从终点出发之时起，
他们就把帕尔温和穆希塔利
　抛过天驹的火熊熊肩头，这时，
在我命定是尘土、灵魂的地里

82

葡萄树扎下须根，如果我同它
结下一段缘，托钵僧笑骂由他；
　我这块贱料也许能锉成钥匙——
用来打开门：他就在门外叫骂。

83

这点我明白：无论这真理之光
激发出爱或天怒，我都得消亡；
　能在酒店里见到这真光一闪
总比全然迷失在神殿里要强。

LXXXIV

What! out of senseless Nothing to provoke
A conscious Something to resent the yoke
  Of unpermitted Pleasure, under pain
Of Everlasting Penalties, if broke!

LXXXV

What! from his helpless Creature be repaid
Pure Gold for what he lent us dross-allay'd—
  Sue for a Debt we never did contract,
And cannot answer—Oh the sorry trade!

LXXXVI

Nay, but, for terror of his wrathful Face,
I swear I will not call Injustice Grace;
  Not one Good Fellow of the Tavern but
Would kick so poor a Coward from the place.

84

什么!从无知无觉的缥缈虚无
激发出的东西竟有哀乐喜怒!
  竟然会怨恨禁锢欢乐的桎梏——
若是破除,就永世得遭受惩处!

85

什么!他借给我们的是些废渣,
他可怜的生灵却以纯金还他——
  我们没举债,哪里有偿还之理,
然而诉讼相逼:可悲的交易呀!

86

不过我发誓,即使他怒容吓人,
我也不会把不公正唤作天恩;
  酒店里会有多少正直的汉子
把如此卑劣的懦夫踢出店门!

LXXXVII

Oh Thou, who didst with pitfall and with gin
Beset the Road I was to wander in,
　　Thou wilt not with Predestin'd Evil round
Enmesh, and then impute my Fall to Sin?

LXXXVIII

Oh Thou, who Man of baser Earth didst make,
And ev'n with Paradise devise the Snake:
　　For all the Sin the Face of wretched Man
Is black with—Man's Forgiveness give—and take! [131]

*　　　*　　　* [132]

LXXXIX

As under cover of departing Day
Slunk hunger-stricken Ramazán away,
　　Once more within the Potter's house alone
I stood, surrounded by the Shapes of Clay. [133]

87

你呀,你在我必去游荡的路上,
布置下陷阱机关和美酒佳酿,
　　该不会撒下注定的罪孽罗网,
再把堕落的罪名安在我头上?

88

你呀,用污浊的泥土把人塑造,
甚至伊甸园中也安排蛇一条;
　　尽管罪孽把苦命人的脸抹黑,
你给人宽容,你从人得到宽饶。

*　　　*　　　*

89

白昼渐渐在消逝,趁天色昏幽,
忍饥挨饿的斋月偷偷地溜走;
　　我再次独自站在陶匠作坊里,
各种各样泥胎儿围在我四周。

柔巴依集

富有传奇色彩的诗篇

XC [134]

And once again there gather'd a scarce heard
Whisper among them; as it were, the stirr'd
　　Ashes of some all but extinguisht Tongue,
Which mine ear kindled into living Word.

XCI

Said one among them—"Surely not in vain,
"My Substance from the common Earth was ta'en,
　　"That He who subtly wrought me into Shape
"Should stamp me back to shapeless Earth again?" [135]

XCII

Another said—"Why, ne'er a peevish Boy [136]
"Would break the Cup from which he drank in Joy;
　　"Shall He that of his own free Fancy made
"The Vessel, in an after-rage destroy!"

90

它们中又聚起一阵窃窃私语；
这种难以听清的低语就好比
　几乎消亡的语言在死灰复燃，
被我的耳朵点化成鲜活话语。

91

其中有一个说道："这绝非徒劳——
从一般泥土中挑出我这材料；
　他把我巧妙地做成这个模样，
怎会把我踩回不成形的泥淖？"

92

另一个说道："脾气再坏的酒鬼
也从不肯摔碎他畅饮的酒杯；
　做这器皿出自他由衷的喜爱，
任以后发怒也不会把这捣毁！"

XCIII

None answer'd this; but after silence spake
Some Vessel of a more ungainly Make;
  "They sneer at me for leaning all awry;
"What! did the Hand then of the Potter shake?" [137]

XCIV

Thus with the Dead as with the Living, *What*?
And *Why*? so ready, but the *Wherefor* not,
  One on a sudden peevishly exclaim'd,
"Which is the Potter, pray, and which the Pot?" [138]

XCV

Said one—"Folks of a surly Master tell,
"And daub his Visage with the Smoke of Hell;
  "They talk of some sharp Trial of us—Pish!
"He's a Good Fellow, and 't will all be well." [139]

93

没有谁接口;沉寂了一阵之后,
有个形象丑陋的东西开了口:
　"他们笑话我,说是我歪歪扭扭——
怎么?陶匠的双手当时在发抖?"

94

对死者生者都如此,*何与为何*?
脱口便问,但*原因*却叫人语塞;
　突然间,一个气呼呼声音叫道:
"谁是陶匠,谁又是陶罐?你说说!"

95

又一个说道:"听说主人很暴躁,
他的脸被地狱之烟抹得乌糟;
　人们说我们得经受严厉审判——
呸!他是个好样的,事情错不了。"

XCVI

"Well," said another, "Whoso will, let try,

"My Clay with long Oblivion is gone dry:

    "But, fill me with the old familiar Juice, [140]

"Methinks I might recover by-and-bye!" [141]

XCVII

So while the Vessels one by one were speaking,

One spied the little Crescent all were seeking:

    And then they jogg'd each other, "Brother! Brother!

"Now for the Porter's shoulder-knot a-creaking!" [142]

*   *   *

XCVIII

Ah, with the Grape my fading Life provide,

And wash my Body whence the Life has died,

    And lay me, shrouded in the living Leaf,

By some not unfrequented Garden-side.

96

另一个说道:"好吧,谁愿谁就试;
长时间搁置,我已干渴得要死,
　但只要给我灌满相熟的酒浆,
我相信,要恢复过来并不费时。"

97

坛坛和罐罐正这样一一发言,
众所期待的新月已被谁发现;
　于是你推我我碰你,"兄弟!兄弟!
快听搬酒工吱吱作声的垫肩!"

＊　＊　＊

98

请为我凋零的生命把酒置办,
把我的遗体先用酒洗涤一番,
　再用葡萄树的青青枝叶装殓,
葬我在并非人迹罕到的园边。

XCIX

Whither resorting from the vernal Heat
Shall Old Acquaintance Old Acquaintance greet,
   Under the Branch that leans above the Wall
To shed his Blossom over head and feet. [143]

C

Then ev'n my buried Ashes such a snare
Of Vintage shall fling up into the Air,
   As not a True-believer passing by
But shall be overtaken unaware.

CI

Indeed the Idols I have loved so long
Have done my credit in Men's eye much wrong:
   Have drown'd my Glory in a shallow Cup,
And sold my Reputation for a Song.

99

退出了青春的温煦来到那里,
老相识要向老相识问好致意；
　那里围墙上有枝枝丫丫伸来,
用落花把我从头到脚都盖起。

100

这样,我那副遗骸虽然被埋葬,
还撒个葡萄累累的空中罗网,
　要让一个个过往的虔诚信徒
不知不觉就被它笼住或缠上。

101

真的,我长期热爱的这些偶像
害苦了我在人们眼中的形象:
　让我的荣耀消融在浅盏之中,
把我的名声只换来一曲歌唱。

CVII

Indeed, indeed, Repentance oft before
I swore—but was I sober when I swore?
 And then and then came Spring, and Rose-in-hand
My thread-bare Penitence apieces tore.

CVIII

And much as Wine has play'd the Infidel,
And robb'd me of my Robe of Honour—Well,
 I often wonder what the Vintners buy
One half so precious as the ware they sell.

CIX

Yet Ah, that Spring should vanish with the Rose!
That Youth's sweet-scented manuscript should close!
 The Nightingale that in the branches sang,
Ah whence, and whither flown again, who knows!

102

真的,真的,我从前常发誓改悔——
但我发誓的时候有没有喝醉?
　　然后待春天一来,我手拈玫瑰:
经纬毕露的忏悔就撕成粉碎。

103

酒所扮演的角色是背信弃义,
连我荣誉的罩袍也被它剥去,
　　不过我常想知道:酒贩买进的
什么货,有他卖出的一半珍奇。

104

可是春天哪,竟随同玫瑰消亡!
芬芳的青春手稿呀,也得合上!
　　夜莺啊,曾在树枝间娇啼曼唱,
谁知道它来自哪里,飞向何方!

CV

Would but the Desert of the Fountain yield
One glimpse—if dimly, yet indeed, reveal'd,
    Toward which the fainting Traveller might spring,
As springs the trampled herbage of the field!

CVI

Oh if the World were but to re-create,
That we might catch ere closed the Book of Fate,
    And make The Writer on a fairer leaf
Inscribe our names, or quite obliterate!

CVII

Better, oh better, cancel from the Scroll
Of Universe one luckless Human Soul,
    Than drop by drop enlarge the Flood that rolls
Hoarser with Anguish as the Ages roll.

105

沙漠里只要见一眼泉水痕迹,
任隐隐约约只要能确定无疑,
　眩晕的旅人也可能向它扑去,
就像被踩倒的牧草重新挺立!

106

啊,如果这世界能重造该多好——
在命运之书合上前,我们赶到,
　请那握笔的翻到干净的书页,
写上我们的名字,或一笔勾销!

107

啊,最好还是从宇宙的文卷中
勾去这人世间的一个可怜虫,
　远胜似涓滴的苦恼世代积累,
汇成了痛苦的江海呼啸汹涌。

CVIII

Ah Love! could you and I with Fate conspire
To grasp this sorry Scheme of Things entire,
　　Would not we shatter it to bits—and then
Re-mould it nearer to the Heart's Desire! [145]

CIX

But see! the rising Moon of Heav'n again [146]
Looks for us, Sweet-heart, through the quivering Plane:
　　How oft hereafter rising will she look
Among those leaves—for one of us in vain!

CX

And when Yourself with silver Foot shall pass
Among the Guests Star-scatter'd on the Grass,
　　And in your joyous errand reach the spot
Where I made One—turn down an empty Glass!

TAMÁM.

108

爱人哪！你我若能同命运协力，
把握这全部事理的可悲设计，
　　我们就不用先把它砸个粉碎，
再把它塑造得比较称心如意！

109

亲爱的，瞧那天边月又在升起，
透过颤抖的梧桐寻找我和你：
　　今后她还将多少多少回升起——
在树荫里空把你我之一寻觅！

110

而当你自己迈着银闪闪的脚，
穿过星散的宾客，踏着青青草，
　　欢快地斟到我曾待过的地方——
请把喝空的酒杯上下颠个倒！

终

FOURTH EDITION [147]

CDCCCLXXIX

I [148]

WAKE! For the Sun who scatter'd into flight [149]
The Stars before him from the Field of Night, [150]
    Drives Night along with them from Heav'n, and strikes
The Sultán's Turret with a Shaft of Light.

II

Before the phantom of False morning died,
Methought a Voice within the Tavern cried,
    "When all the Temple is prepared within,
"Why nods the drowsy Worshipper outside?"

第四版

1879

1

醒醒吧！太阳已把满天的星斗
赶得纷纷飞离了黑夜的田畴，
　叫夜色也随同星星逃出天空；
阳光之箭已射中苏丹的塔楼。

2

在虚假黎明的幻影消逝之前，
酒店里面仿佛有声音在高喊：
　"神殿里一切都已经准备齐全，
殿外礼拜者为何睁不开睡眼？"

富有传奇色彩的诗篇

III

And, as the Cock crew, those who stood before

The Tavern shouted—"Open then the Door!

   "You know how little while we have to stay,

"And, once departed, may return no more."

IV

Now the New Year reviving old Desires,

The thoughtful Soul to Solitude retires,

   Where the WHITE HAND OF MOSES on the Bough

Puts out, and Jesus from the Ground suspires.

V

Iram indeed is gone with all his Rose,

And Jamshyd's Sev'n-ring'd Cup where no one knows;

   But still a Ruby kindles in the Vine, [151]

And many a Garden by the Water blows.

3

这时公鸡在啼晓；酒店的门外，
站着的人群喊道："快把门打开！
　你知道，我们的逗留多么短暂，
而一旦离去，就永远不得回来。"

4

新岁使陈旧的欲望重焕生机，
沉思的性灵退到孤寂中隐匿——
　一朵朵**摩西的素手**缀上枝头，
大地上处处可闻耶稣的气息。

5

伊兰苑同他的玫瑰荡然无存，
杰姆西王的七环杯湮没无闻；
　但葡萄藤间依然有红玉闪烁，
多少傍水的园子里花开缤纷。

VI

And David's lips are lockt; but in divine

High-piping Pehleví, with "Wine! Wine! Wine! [152]

　"Red Wine!"—the Nightingale cries to the Rose

That sallow cheek of her's to' incarnadine. [153]

VII

Come, fill the Cup, and in the fire of Spring

Your Winter-garment of Repentance fling:

　The Bird of Time has but a little way

To flutter—and the Bird is on the Wing.

VIII

Whether at Naishápúr or Babylon,

Whether the Cup with sweet or bitter run,

　The Wine of Life keeps oozing drop by drop,

The Leaves of Life keep falling one by one.

6

大卫的歌唇紧锁；但是夜莺呀
叫血色涌上玫瑰萎黄的脸颊——
　　她，操着神妙的巴列维语尖叫：
"来酒来酒！来红酒！快来红酒啊！"

7

来，把杯盏斟满；往春天的火里
抛去你悔恨交加的隆冬外衣；
　　时光之鸟只能飞短短的距离——
现在，这只鸟已经在振翅扑翼。

8

不管在内沙布尔或在巴比伦，
不管杯中物是苦涩还是香醇，
　　生活之酒一滴滴不住地沥出，
生命之叶一片片飘落在泥尘。

IX

Each Morn a thousand Roses brings, you say;

Yes, but where leaves the Rose of Yesterday?

　　And this first Summer month that brings the Rose

Shall take Jamshyd and Kaikobád away.

X

Well, let it take them! What have we to do

With Kaikobád the Great, or Kaikhosrú?

　　Let Zál and Rustum bluster as they will, [154]

Or Hátim call to Supper—heed not you.

XI

With me along the strip of Herbage strown

That just divides the desert from the sown,

　　Where name of Slave and Sultán is forgot—

And Peace to Mahmúd on his golden Throne! [155]

9

你说是早晨会带来玫瑰千朵；
可哪里又是昨天玫瑰的下落？
　就是这带来玫瑰的初夏月份
带着杰姆西、带着凯柯巴湮没。

10

那就让他们湮没！凯柯巴大帝、
凯霍斯茹，同我们有什么关系？
　让扎尔和茹斯图姆恣意咆哮，
或让哈蒂姆喊"开饭！"——你别搭理。

11

随我去走走狭长的牧草地带，
它把沙漠和下种的耕地隔开，
　那里已忘却了奴隶、苏丹之称——
但愿马穆德在其宝座上安泰！

XII

A Book of Verses underneath the Bough,

A Jug of Wine, a Loaf of Bread—and Thou

   Beside me singing in the Wilderness—

Oh, Wilderness were Paradise enow!

XIII

Some for the Glories of This World; and some

Sigh for the Prophet's Paradise to come;

   Ah, take the Cash, and let the Credit go,

Nor heed the rumble of a distant Drum!

XIV

Look to the blowing Rose about us—"Lo,

"Laughing," she says, "into the world I blow,

   "At once the silken tassel of my Purse

"Tear, and its Treasure on the Garden throw." [156]

12

开花结果的树枝下,一卷诗章,
一个面包和一大罐美酒佳酿——
 你也在我身旁,在荒漠中歌唱——
啊,荒漠中,这已够得上是天堂!

13

有人追求尘世间的荣耀风光,
有人把教祖许诺的天堂巴望;
 啊,取下这现钱,那契券就别管——
远处隆隆的鼓声别放在心上!

14

瞧我们身旁盛开的玫瑰,她说:
"看哪,我含笑来世上绽放花朵,
 转眼,我香囊上的丝穗已撕碎,
囊中的珍宝就在园子里撒落。"

柔巴依集

富有传奇色彩的诗篇

XV

And those who husbanded the Golden grain,

And those who flung it to the winds like Rain,

    Alike to no such aureate Earth are turn'd

As, buried once, Men want dug up again.

XVI

The Worldly Hope men set their Hearts upon

Turns Ashes—or it prospers; and anon,

    Like Snow upon the Desert's dusty Face,

Lighting a little hour or two— was gone. [157]

XVII

Think, in this batter'd Caravanserai

Whose Portals are alternate Night and Day,

    How Sultán after Sultán with his Pomp

Abode his destin'd Hour, and went his way. [158]

15

克勤克俭的,积攒着金颗玉粒;
挥霍奢靡的,在风中撒粮如雨:
　他们同样都不会化为金沙泥——
一朝埋下,再不会被重新挖起。

16

大家所心向神往的世俗企求
变成了灰烬或一团旺火,尔后,
　就像落在灰蒙蒙沙漠上的雪,
辉映了一时半刻便化为乌有。

17

这队商客栈大门口日夜交替,
你想想,在这种凋敝破败之地,
　一个个苏丹如何在荣华之中
待到他命定的时辰,就此别离。

XVIII

They say the Lion and the Lizard keep

The Courts where Jamshyd gloried and drank deep: [159]

    And Bahrám, that great Hunter—the Wild Ass

Stamps o'er his Head, but cannot break his Sleep.

XIX

I sometimes think that never blows so red

The Rose as where some buried Cæsar bled;

    That every Hyacinth the Garden wears

Dropt in her Lap from some once lovely Head.

XX

And this reviving Herb whose tender Green

Fledges the River-Lip on which we lean—

    Ah, lean upon it lightly! for who knows

From what once lovely Lip it springs unseen!

18

据说杰姆西得意豪饮的宫廷
如今成了猛狮和蜥蜴的宫禁；
　而巴拉姆的头上野驴在跺脚，
也没有把这伟大的猎手惊醒。

19

有时我想：古往今来的玫瑰丛
就数埋过恺撒血肉处的最红——
　如今一朵朵风信子，无非都是
从春风一度的头上坠落园中。

20

芳草苏醒，毛羽般的新翠鲜绿
满江湄；在这里我们靠下身躯——
　轻轻靠着吧！谁知道从前该是
多美的绛唇才把这暗中化育！

XXI

Ah, my Belovéd, fill the Cup that clears
TO-DAY of past Regret and future Fears: [160]
　To-morrow!—Why, To-morrow I may be
Myself with Yesterday's Sev'n thousand Years.

XXII

For some we loved, the loveliest and the best
That from his Vintage rolling Time hath prest, [161]
　Have drunk their Cup a Round or two before,
And one by one crept silently to rest.

XXIII

And we, that now make merry in the Room
They left, and Summer dresses in new bloom,
　Ourselves must we beneath the Couch of Earth
Descend—ourselves to make a Couch—for whom?

21

啊，我亲爱的，斟满这**今日**之杯，
浇却那往日之悔和来日之畏；
　明天哪！哎，到明天就连我自己
恐已归入昨天那七千年之内。

22

因为我们所热爱的人间精粹
是流光从它葡萄榨出的汁水，
　他们已喝干自己的三杯两盏，
一个个无声无息地溜去安睡。

23

眼下趁夏日穿着鲜花的衣衫，
我们在他们留下的屋里寻欢；
　但我们也得沉落到大地床下——
让自己变作床铺给谁来长眠？

XXIV

Ah, make the most of what we yet may spend,
Before we too into the Dust descend;
   Dust into Dust, and under Dust, to lie, [162]
Sans Wine, sans Song, sans Singer, and—sans End!

XXV

Alike for those who for TO-DAY prepare,
And those that after some TO-MORROW stare,
   A Muezzín from the Tower of Darkness cries,
"Fools! your Reward is neither Here nor There."

XXVI

Why, all the Saints and Sages who discuss'd
Of the Two Worlds so wisely—they are thrust
   Like foolish Prophets forth; their Words to Scorn
Are scatter'd, and their Mouths are stopt with Dust.

24

啊，把还可享用的尽情地享用，
趁我们还没沉落到泥土之中；
 尘土复归于尘土，长眠尘土下，
无酒无歌无歌手，而且还无穷！

25

有些人为了**今天**而张罗奔忙，
有些人睁大眼睛把**明天**盼望；
 穆安津从黑暗之塔高声叫喊：
"蠢货！这儿和那里都没你报偿！"

26

对两个世界高谈阔论的圣贤，
全像是无聊先知给推在一边；
 他们惹人笑骂的话语已飘散，
连他们的嘴也都被泥土塞满。

XXVII

Myself when young did eagerly frequent

Doctor and Saint, and heard great argument

   About it and about: but evermore

Came out by the same door where in I went.

XXVIII

With them the seed of Wisdom did I sow,

And with mine own hand wrought to make it grow; [163]

   And this was all the Harvest that I reap'd—

"I came like Water, and like Wind I go."

XXIX

Into this Universe, and *Why* not knowing [164]

Nor *Whence*, like Water willy-nilly flowing;

   And out of it, as Wind along the Waste,

I know not *Whither*, willy-nilly blowing.

27

年轻时,我对那些学者和圣人
热切地造访,谈生说死的宏论
　　倒也颇有所闻:但出来时走的
无非是我进去时走的那道门。

28

我同他们播下的种子是智慧,
又亲手耕耘,使种子抽芽吐穗;
　　而这就是我得到的全部收获——
"我来时有如流水,去时像风吹。"

29

不知什么是*根由*、哪里是*源头*,
就像是流水,无奈地流进宇宙;
　　不知哪里是尽头,也不再勾留,
我像是风儿,无奈地吹过沙丘。

XXX

What, without asking, hither hurried *Whence*?
And, without asking, *Whither* hurried hence!
　Oh, many a Cup of this forbidden Wine
Must drown the memory of that insolence!

XXXI

Up from Earth's Centre through the Seventh Gate
I rose, and on the Throne of Saturn sate, [165]
　And many a Knot unravel'd by the Road;
But not the Master-knot of Human Fate.

XXXII

There was the Door to which I found no Key;
There was the Veil through which I might not see: [166]
　Some little talk awhile of ME and THEE
There was—and then no more of THEE and ME.

30

不问是什么从*哪里*赶来这里？
也不问从这里匆匆赶往*哪里*！
　啊，准是这一杯杯遭禁的美酒
淹没了对那唐突无礼的记忆！

31

从这大地的中心我腾身而起，
通过七重门坐上了土星宝椅；
　一路上解出了多少巧结难题，
但没有解出人类命运这大谜。

32

那里有道门，我没找到它钥匙；
那里有帷幕，我没有法子透视；
　片言只语，**我和你**片时被谈及——
而在此以后，**你和我**全将消逝。

XXXIII

Earth could not answer; nor the Seas that mourn
In flowing Purple, of their Lord forlorn;
  Nor rolling Heaven, with all his Signs reveal'd
And hidden by the sleeve of Night and Morn.

XXXIV

Then of the THEE IN ME who works behind
The Veil, I lifted up my hands to find
  A Lamp amid the Darkness; and I heard,
As from Without—"THE ME WITHIN THEE BLIND!"

XXXV

Then to the Lip of this poor earthen Urn
I lean'd, the Secret of my Life to learn:
  And Lip to Lip it murmur'd—"While you live,
"Drink!—for, once dead, you never shall return."

33

大地答不出,丧失主公的大海
哀痛得紫波滚滚,也答不上来;
　天空回旋,日夜之袖让十二宫
或隐或现,这个谜却也没解开。

34

我请帷幕后的**我中之你**指点;
黑暗之中我举手想找个灯盏;
　一句话像是从外面来到耳中:
"你中之我没有眼睛就看不见!"

35

于是,我凑近粗陋的陶质大杯
去寻味人生奥秘;杯口刚沾嘴,
　它就对着嘴咕哝:"活着就喝吧!
因为你一旦去世就不得返回。"

XXXVI

I think the Vessel, that with fugitive

Articulation answer'd, once did live,

　　And drink; and Ah! the passive Lip I kiss'd,

How many Kisses might it take—and give!

XXXVII

For I remember stopping by the way

To watch a Potter thumping his wet Clay: [167]

　　And with its all-obliterated Tongue

It murmur'd—"Gently, Brother, gently, pray!"

XXXVIII [168]

And has not such a Story from of Old

Down Man's successive generations roll'd

　　Of such a clod of saturated Earth

Cast by the Maker into Human mould?

36

酒杯答话的话音已飘忽难寻,
但我想,它曾有生命也曾酣饮;
　啊,我吻过的嘴唇多冷漠消极,
它能接受多少,能给人多少吻!

37

因为我想起当初在路旁站立,
看一个陶工使劲地捣着湿泥;
　湿泥用完全失传的语言咕哝:
"轻些,兄弟!请你轻一些,求求你!"

38

正是用这种饱含水分的泥团,
造物主塑造出人的形体容颜;
　这样的故事还不是自古就有——
随一代又一代的人往下流传?

柔巴依集

富有传奇色彩的诗篇

XXXIX

And not a drop that from our Cups we throw

For Earth to drink of, but may steal below

    To quench the fire of Anguish in some Eye

There hidden—far beneath, and long ago.

XL

As then the Tulip for her morning sup

Of Heav'nly Vintage from the soil looks up, [169]

    Do you devoutly do the like, till Heav'n

To Earth invert you—like an empty Cup. [170]

XLI

Perplext no more with Human or Divine,

To-morrow's tangle to the winds resign, [171]

    And lose your fingers in the tresses of

The Cypress-slender Minister of Wine.

39

我们祭酹在地上的杯中醇酒,
一点一滴都悄悄往地下渗透,
　滴进那久隐深藏的某只眼睛,
使眼中的痛苦之火化为乌有。

40

郁金香在地上仰起她的面庞,
把清晨啜饮的天赐琼浆巴望;
　你也该虔诚地模仿,直到老天
把你像一只空杯,覆倒在地上。

41

别再为人间和天上心神不宁,
明天的纷繁还是让风去理清;
　那侑酒人的身材翠柏般苗条,
让你的手指在其发丝里忘情。

XLII

And if the Wine you drink, the Lip you press,[172]
End in what All begins and ends in—Yes;
    Think then you are TO-DAY what YESTERDAY
You were—TO-MORROW you shall not be less.

XLIII

So when the Angel of the darker Drink[173]
At last shall find you by the river-brink,
    And, offering his Cup, invite your Soul
Forth to your Lips to quaff—you shall not shrink.

XLIV

Why, if the Soul can fling the Dust aside,
And naked on the Air of Heaven ride,
    Wer't not a Shame—wer't not a Shame for him[174]
In this clay carcase crippled to abide?

42

如果说,你吻的唇和你喝的酒
归于万物开始与结果的乌有,
　那就想一想:**今天**的你既然是
昨天的你,那**明天**的你还依旧。

43

所以到最后,在那条河的边沿,
当那里的黑酒天使把你发现,
　向你的灵魂递来他那个酒杯
邀请你一饮而尽:别畏缩不前。

44

灵魂若能够把躯壳丢在一边,
赤裸裸遨游在天地大气之间,
　它竟不感到羞惭,不感到羞惭——
依旧居留在残缺的泥骸里面?

XLV

'Tis but a Tent where takes his one day's rest

A Sultán to the realm of Death addrest;

    The Sultán rises, and the dark Ferrásh [175]

Strikes, and prepares it for another Guest.

XLVI

And fear not lest Existence closing your

Account, and mine, should know the like no more;

    The Eternal Sákí from that Bowl has pour'd

Millions of Bubbles like us, and will pour.

XLVII

When You and I behind the Veil are past,

Oh, but the long, long while the World shall last,

    Which of our Coming and Departure heeds

As the Sea's self should heed a pebble-cast. [176]

45

这个只是供苏丹驻跸的帐篷,
让他在去冥国途中短暂一用;
 待苏丹起驾,那个黑魆魆管事
收起帐篷,准备给下一位提供。

46

别担心你和我的账一朝勾销,
这一类事情世界将不再知道;
 我们这样的酒沫,那永恒酒保
泼掉过亿万,他还会不断泼掉。

47

在你和我消失于那帷幕之后,
世界呀还将会延续很久很久;
 它并不在意我们到来和别离,
犹如大海不在乎抛进块石头。

XLVIII

A Moment's Halt—a momentary taste
Of BEING from the Well amid the Waste—
    And Lo!—the phantom Caravan has reacht [177]
The NOTHING it set out from—Oh, make haste!

XLIX

Would you that spangle of Existence spend
About THE SECRET—quick about it, Friend!
    A Hair perhaps divides the False and True—
And upon what, prithee, does life depend? [178]

L

A Hair perhaps divides the False and True;
Yes; and a single Alif were the clue—
    Could you but find it—to the Treasure-house,
And peradventure to THE MASTER too;

48

片刻的羁留:从这荒漠的泉流
掬起了**生命之水**匆匆尝一口——
　看哪!幻影商队已到了**乌有乡**——
到了它出发处。啊,快快喝个够!

49

朋友,为探索这**奥秘**,你若愿意
耗掉你生命的珠片,那就快去!
　真理和谬误也许仅毫发之差——
但请问,人生能依靠什么东西?

50

毫发也许就分出真理和谬误;
对;只要能找到,单一个阿里夫
　便是通向那仙窟宝库的线索,
或者,偶尔也通向我们**那位主**;

LI

Whose secret Presence, through Creation's veins
Running Quicksilver-like eludes your pains;
    Taking all shapes from Máh to Máhi; and
They change and perish all—but He remains;

LII

A moment guess'd—then back behind the Fold
Immerst of Darkness round the Drama roll'd
    Which, for the Pastime of Eternity,
He doth Himself contrive, enact, behold. [179]

LIII

But if in vain, down on the stubborn floor
Of Earth, and up to Heav'n's unopening Door,
    You gaze TO-DAY, while You are You—how then
TO-MORROW, You when shall be You no more? [180]

51

隐而不露,他在众生的血脉中
水银般流散,避开你苦苦寻踪;
　他所赋形的万物,从鱼到月亮,
在变化和消亡;他却永存无终;

52

让人疑猜了片刻,回屏风后面——
那里,戏台的周围弥漫着黑暗;
　他为了消磨无穷无尽的永恒,
亲自把戏剧编排、导演和观看。

53

你今天还是你,如果只能仰望
那云霄之外重门紧闭的天堂,
　或俯视倔强的大地,一筹莫展——
那明天你不再是你,又将怎样?

LIV

Waste not your Hour, nor in the vain pursuit
Of This and That endeavour and dispute;
　Better be jocund with the fruitful Grape
Than sadden after none, or bitter, Fruit.

LV

You know, my Friends, with what a brave Carouse
I made a Second Marriage in my house;
　Divorced old barren Reason from my Bed,
And took the Daughter of the Vine to Spouse.

LVI

For "Is" and "Is-not" though with Rule and Line, [181]
And "Up-and-down" by Logic I difine, [182]
　Of all that one should care to fathom, I
Was never deep in anything but—Wine.

54

别浪费光阴去作无谓的追求——
为这样那样图谋而争论不休；
　能够有添欢解忧的葡萄美酒，
强似为空无所有或苦果发愁。

55

朋友，在我第二次成亲的新房，
你知道，欢闹的婚宴有多酣畅；
　衰老不育的理性被我赶下床，
娶来葡萄的女儿做我的新娘。

56

我虽能靠绳墨判断**是非正误**，
我也能凭逻辑区**分兴衰沉浮**，
　但是在人应当探索的一切中，
除了酒我从未深入任何事物。

LVII

Ah, but my Computations, People say,
Reduced the Year to better reckoning?—Nay,
　'Twas only striking from the Calendar
Unborn To-morrow, and dead Yesterday.

LVIII

And lately, by the Tavern Door agape,
Came shining through the Dusk an Angel Shape
　Bearing a Vessel on his Shoulder; and
He bid me taste of it; and 'twas—the Grape!

LIX

The Grape that can with Logic absolute
The Two-and-Seventy jarring Sects confute:
　The sovereign Alchemist that in a trice
Life's leaden metal into Gold transmute:

57

啊,可大家不是说我那些演算
修订了历法,让它变得更完善?
　其实,这仅仅是从历书中勾销
未生的明天和已死去的昨天。

58

不久以前,在酒店洞开的门口,
暮色中来了位天使,他的肩头
　扛一个坛子,全身闪耀着光辉;
他叫我尝尝:原来是葡萄美酒!

59

葡萄美酒,它能以绝对的逻辑
驳倒那七十二种教派的争议;
　这至高的法师,能把生活之铅
点化成黄金:而变化就在瞬息。

柔巴依集

富有传奇色彩的诗篇

LX

The mighty Mahmúd, Allah-breathing Lord,
That all the misbelieving and black Horde
   Of Fears and Sorrows that infest the Soul
Scatters before him with his whirlwind Sword.

LXI

Why, be this Juice the growth of God, who dare
Blaspheme the twisted tendril as a Snare?
   A Blessing, we should use it, should we not?
And if a Curse—why, then, Who set it there?

LXII

I must abjure the Balm of Life, I must,
Scared by some After-reckoning ta'en on trust,
   Or lured with Hope of some Diviner Drink,
To fill the Cup—when crumbled into Dust!

60

这是伟大的马穆德替天行道,
他那把利剑挥舞得有如旋飚,
　　杀得所有信邪的黑黢黢贼寇——
那骚扰灵魂的忧愁,逃之夭夭。

61

若是上帝的庄稼酿成这酒浆,
谁敢亵渎盘曲的卷须是罗网?
　　是赐福,难道我们就不该享用?
是祸殃,那么又是谁降祸世上?

62

同这人生的慰藉得一刀两断——
或者是害怕身后的赊账清算,
　　或者是指望在我零落成泥后
有更神妙的饮品灌满我杯盏。

LXIII

Oh threats of Hell and Hopes of Paradise!
One thing at least is certain—*This* Life flies;
   One thing is certain and the rest is Lies;
The Flower that once has blown for ever dies.

LXIV

Strange, is it not? that of the myriads who
Before us pass'd the door of Darkness through, [183]
   Not one returns to tell us of the Road,
Which to discover we must travel too.

LXV

The Revelations of Devout and Learn'd
Who rose before us, and as Prophets burn'd,
   Are all but Stories, which, awoke from Sleep
They told their comrades, and to Sleep return'd. [184]

63

啊，对地狱天堂的恐惧和渴望！
至少可肯定：*此生*就像飞一样；
　就这点肯定，其余的全是撒谎；
一度盛开的花朵永归于灭亡。

64

这难道不奇怪？不计其数的人
在我们之前走进那黑暗之门，
　竟没有一个回来讲讲那条路——
那里，我们也得去寻访走一程。

65

就像是烈火焚身的那些先知，
先圣先贤也留下了一些启示；
　那些都只是他们给伙伴讲的——
在醒来和重睡之间讲的故事。

LXVI

I sent my Soul through the Invisible,
Some letter of that After-life to spell:
   And by and by my Soul return'd to me,
And answer'd "I Myself am Heav'n and Hell:"

LXVII

Heav'n but the Vision of fulfill'd Desire,
And Hell the Shadow of a Soul on fire [185]
   Cast on the Darkness into which Ourselves,
So late emerg'd from, shall so soon expire. [186]

LXVIII

We are no other than a moving row
Of Magic Shadow-shapes that come and go
   Round with the Sun-illumin'd Lantern held [187]
In Midnight by the Master of the show;

66

我派我灵魂穿过那幽冥而去,
想拼缀身后生活的一言半语;
 没过多久我灵魂就回来复命,
说道"我本身便是天堂和地狱。"

67

天堂只是满足了的欲望幻境,
地狱只是受火刑的灵魂之影
 投射于一片黑暗中,我们刚从
那里现身,得很快在那里消隐。

68

我们无非是一圈幻影在转动,
绕着那中间的亮光来去匆匆;
 这亮光发自太阳点亮的灯笼,
这灯笼,那主宰夜半提在手中。

LXIX

But helpless Pieces of the Game He plays
Upon this Chequer-board of Nights and Days;
　　Hither and thither moves, and checks, and slays,
And one by one back in the Closet lays.

LXX

The Ball no question makes of Ayes and Noes,
But Here or There as strikes the Player goes; [188]
　　And He that toss'd you down into the Field,
He knows about it all—HE knows—HE knows!

LXXI

The Moving Finger writes; and, having writ,
Moves on: nor all your Piety nor Wit [189]
　　Shall lure it back to cancel half a Line,
Nor all your Tears wash out a Word of it.

69

但在这日夜相间的棋枰上面,
他所摆弄的棋子无能又可怜——
 移过来挪过去,吃子又是捉将,
然后一个个放回小盒里长眠。

70

是对还是错,球不会提出问题,
它飞左飞右,全凭打球者心意;
 他把你抛进场地自有*他*道理——
对呀,自有*他*道理,自有*他*道理!

71

手指在书写,写下了字手就移;
无论用你的全部虔诚或智力,
 都无法引它回来抹去半行字——
你全部泪水洗不掉一个字迹。

LXXII

And that inverted Bowl they call the Sky, [190]

Whereunder crawling coop'd we live and die,

   Lift not your hands to *It* for help—for It

As impotently moves as you or I. [191]

LXXIII

With Earth's first Clay They did the Last Man knead,

And there of the Last Harvest sow'd the Seed:

   And the first Morning of Creation wrote

What the Last Dawn of Reckoning shall read.

LXXIV

YESTERDAY *This* Day's Madness did prepare;

TO-MORROW's Silence, Triumph, or Despair: [192]

   Drink! for you know not whence you came, nor why:

Drink! for you know not why you go, nor where.

72

那翻转的大碗他们称为天空,
下面是我们生死其中的樊笼;
  别举起双手求它来给你帮助——
它运动之乏力也和你我相同。

73

用第一把泥将最末一人捏出,
又把末世收成的种子播入土:
  开天辟地头一个早晨所写的,
在末日清算的黎明必将宣读。

74

昨天,准备了今天的痴癫、疯狂;
酝酿了**明天**的沉默、凯旋、绝望:
  喝吧,你又不知从何来、为何来:
喝吧,你又不知因何去、去何方。

LXXV

I tell you this—When, started from the Goal,
Over the flaming shoulders of the Foal
    Of Heav'n Parwín and Mushtarí they flung, [193]
In my predestin'd Plot of Dust and Soul [194]

LXXVI

The Vine had struck a fibre: which about
If clings my Being—let the Dervish flout;
    Of my Base metal may be filed a Key,
That shall unlock the Door he howls without.

LXXVII

And this I know: whether the one True Light
Kindle to Love, or Wrath-consume me quite,
    One Flash of It within the Tavern caught
Better than in the Temple lost outright.

75

你听我说,从终点出发之时起,
他们就把帕尔温和穆希塔利
　　抛过天驹的火熊熊肩头,这时,
在我命定是尘土、灵魂的地里

76

葡萄树扎下须根,如果我同它
结有一段缘,托钵僧笑骂由他;
　　我这块贱料也许能锉成钥匙——
能把门打开:他就在门外叫骂。

77

这点我明白:无论这真理之光
激发出爱或天怒,都使我消亡;
　　能在酒店里见到这真光一闪
总比全然迷失在神殿里要强。

LXXVIII

What! out of senseless Nothing to provoke
A conscious Something to resent the yoke
   Of unpermitted Pleasure, under pain
Of Everlasting Penalties, if broke!

LXXIX

What! from his helpless Creature be repaid
Pure Gold for what he lent him dross-allay'd—[195]
   Sue for a Debt we never did contract,[196]
And cannot answer—Oh the sorry trade!

LXXX

Oh Thou, who didst with pitfall and with gin[197]
Beset the Road I was to wander in,
   Thou wilt not with Predestin'd Evil round[198]
Enmesh, and then impute my Fall to Sin!

78

什么!从无知无觉的缥缈虚无
点化出的东西竟有哀乐喜怒!
　竟然会怨恨禁锢欢乐的桎梏——
若是破除就永世得遭受惩处!

79

什么!他借出来的只是些废渣,
他无助的生灵却以纯金还他——
　我们没举债,哪里有偿还之理,
然而诉讼相逼,可悲的交易呀!

80

你呀,你在我必去游荡的路上,
布置下陷阱机关和美酒佳酿,
　该不会撒下注定的罪孽罗网,
再把堕落的罪名安在我头上!

LXXXI

Oh Thou, who Man of baser Earth didst make,
And ev'n with Paradise devise the Snake:
　For all the Sin wherewith the Face of Man
Is blacken'd—Man's forgiveness give—and take!

　　　　　*　　*　　*

LXXXII

As under cover of departing Day
Slunk hunger-stricken Ramazán away,
　Once more within the Potter's house alone
I stood, surrounded by the Shapes of Clay.

LXXXIII

Shapes of all Sorts and Sizes, great and small,
That stood along the floor and by the wall;
　And some loquacious Vessels were; and some
Listen'd perhaps, but never talk'd at all.

81

你呀，用污浊的泥土把人塑造，
甚至伊甸园中也安排蛇一条；
　人的脸虽然被种种罪过抹黑，
你给人宽容，你从人得到宽饶！

　　　　＊　　　＊　　　＊

82

白昼在消逝，趁天色渐渐昏幽，
忍饥挨饿的斋月偷偷地溜走；
　我再次独自站在陶匠作坊里，
各种各样泥胎儿围在我四周。

83

那模样形形色色又大大小小，
都一溜儿站在地上，靠着墙角；
　有的像是在倾听，不言也不语，
有的却话儿就是多，唠唠叨叨。

LXXXIV

Said one among them—"Surely not in vain

"My substance of the common Earth was ta'en [199]

   And to this Figure moulded, to be broke,

"Or trampled back to shapeless Earth again."

LXXXV

Then said a Second—"Ne'er a peevish Boy

"Would break the Bowl from which he drank in joy;

   "And He that with his hand the Vessel made

"Will surely not in after Wrath destroy."

LXXXVI

After a momentary silence spake

Some Vessel of a more ungainly Make;

   "They sneer at me for leaning all awry:

"What! did the Hand then of the Potter shake?"

84

其中有一个说道:"这绝非徒劳——
从一般泥土中挑出我这材料;
　把我做成这个模样后再打碎
或者重新踩回不成形的泥淖。"

85

另一个说道:"脾气再坏的酒鬼
也从不肯摔碎他畅饮的酒杯;
　他亲手制作我这样一个容器,
以后任发怒也肯定不会捣毁!"

86

静下了没多久,换了一个开口,
这个东西的模样就比较丑陋:
　"他们笑话我,说是我歪歪扭扭——
怎么?陶匠的双手当时在发抖?"

LXXXVII

Whereat some one of the loquacious Lot—
I think a Súfi pipkin—waxing hot—
  "All this of Pot and Potter—Tell me, then,
"Who is the Potter, pray, and who the Pot?" [200]

LXXXVIII

"Why," said another, "Some there are who tell
"Of one who threatens he will toss to Hell
  "The luckless Pots he marr'd in making—Pish!
"He's a Good Fellow, and 't will all be well."

LXXXIX

"Well," murmur'd one, "Let whoso make or buy,
"My Clay with long Oblivion is gone dry:
  "But fill me with the old familiar Juice,
"Methinks I might recover by and by."

87

听到这么说,有个多嘴的东西——
(我想是个苏非派小罐)生了气;
　"什么陶匠陶器的,倒给我说说,
哪个算陶匠,哪个又该是陶器?"

88

另一个说道:"哦,有好几位在说,
他扬言要把那些倒霉的家伙——
　那些他做坏的盆罐,扔进地狱。
呸!他是个好样的,做事不会错。"

89

谁却在咕哝:"管它是谁做谁买,
长久的搁置干得我差点裂开,
　但只要给我灌满相熟的酒浆,
我想,我很快就能够恢复过来。"

XC

So while the Vessels one by one were speaking,

The little Moon look'd in that all were seeking:

　　And then they jogg'd each other, "Brother! Brother!

"Now for the Potter's shoulder-knot a-creaking!"

　　　　　*　　　*　　　*　[201]

XCI

Ah, with the Grape my fading Life provide,

And wash the Body whence the Life has died,

　　And lay me, shrouded in the living Leaf,

By some not unfrequented Garden-side.

XCII

That ev'n my buried Ashes such a snare

Of Vintage shall fling up into the Air

　　As not a True-believer passing by

But shall be overtaken unaware.

90

坛坛和罐罐正这样一一发言,
个个都期待的新月已经露面;
　它们你推我我碰你,"兄弟!兄弟!
快听搬酒工吱吱作声的垫肩!"

　　　　*　　*　　*

91

请为我凋零的生命把酒置办,
把我的遗体用酒来洗涤一番,
　再用葡萄树的青青枝叶装殓,
葬我在并非人迹罕到的园边。

92

这样,我那副遗骸虽然被埋葬,
还撒个葡萄累累的空中罗网,
　要让一个个过往的虔诚信徒
不知不觉就被它笼住或缠上。

XCIII

Indeed the Idols I have loved so long

Have done my credit in this World much wrong: [202]

    Have drown'd my Glory in a shallow Cup, [203]

And sold my Reputation for a Song.

XCIV

Indeed, indeed, Repentance oft before

I swore—but was I sober when I swore?

    And then and then came Spring, and Rose-in-hand

My thread-bare Penitence apieces tore.

XCV

And much as Wine has play'd the Infidel,

And robb'd me of my Robe of Honour—Well,

    I wonder often what the Vintners buy

One half so precious as the stuff they sell.

93

真的，我长期热爱的这些偶像
害苦了我在世人眼中的形象：
　　让我的荣耀消融在浅盏之中，
让我的名声只换来一曲歌唱。

94

真的，真的，我从前常发誓改悔——
不过发誓的时候有没有喝醉？
　　随后待春天一来，我手拈玫瑰：
经纬毕露的忏悔就撕成粉碎。

95

酒所扮演的角色是背信弃义，
连我荣誉的罩袍也被它剥去：
　　不过我常想知道：酒贩买进的
什么货，有他卖出的一半珍奇。

XCVI

Yet Ah, that Spring should vanish with the Rose!
That Youth's sweet-scented manuscript should close!
　　The Nightingale that in the branches sang,
Ah whence, and whither flown again, who knows!

XCVII

Would but the Desert of the Fountain yield
One glimpse—if dimly, yet indeed, reveal'd,
　　To which the fainting Traveller might spring,
As springs the trampled herbage of the field!

XCVIII

Would but some wingéd Angel ere too late
Arrest the yet unfolded Roll of Fate,
　　And make the stern Recorder otherwise
Enregister, or quite obliterate!

96

可是春天哪,得随同玫瑰消亡!
芬芳的青春手稿呀,也得合上!
  夜莺啊,曾在树枝间娇啼曼唱,
谁知道它来自哪里,飞向何方!

97

沙漠里只要见一眼泉水痕迹,
任隐隐约约只要能确定无疑,
  眩晕的旅人也可能向它扑去,
就像被踩倒的牧草重新挺立!

98

但愿天使飞来时还不是太晚,
好扣住还没合上的命运文卷,
  叫那位严厉的录事重新写过,
或者就完全擦掉原先的那段!

XCIX

Ah Love! could you and I with Him conspire
To grasp this sorry Scheme of Things entire,
　Would not we shatter it to bits—and then
Re-mould it nearer to the Heart's Desire!

*　　*　　*[204]

C

Yon rising Moon that looks for us again—
How oft hereafter will she wax and wane;
　How oft herearter rising look for us
Through this same Garden—and for *one* in vain!

CI

And when like her, oh Sákí, you shall pass [205]
Among the Guests Star-scatter'd on the Grass,
　And in your joyous errand reach the spot [206]
Where I made One—turn down an empty Glass!

TAMÁM.

99

爱人哪！你我如果能同他协力，
把握这全部事理的可悲设计，
　我们就不用先把它砸个粉碎，
再把它塑造得比较称心如意！

* * *

100

那找寻我们的月亮又在升起，
今后她将多少回变圆又变细，
　还将多少回升起，在这园子里
找寻我们，但*有人*已没了踪迹！

101

你如果也像那月儿，啊，侑酒的，
当你走过星散在草上的宾客，
　喜洋洋斟到我曾待过的地方——
就请把喝空的酒杯倒个个儿！

终

 Robert Stewart Sherriffs 插图

富有传奇色彩的诗篇

柔巴依集

富有传奇色彩的诗篇

富有传奇色彩的诗篇

柔巴依集

富有传奇色彩的诗篇

柔巴依集

富有传奇色彩的诗篇

柔巴依集

富有传奇色彩的诗篇

注释

[1] 在"异文校勘本"中，AWAKE 印作 Awake。

[2] 这首诗是菲氏《柔巴依集》中修改幅度最大的，与修改后的文字比较，却是几种文本里稍接近原作的。斯温伯恩等人认为，这首诗是诗集中最拔尖的，但菲氏以后几版《柔巴依集》没有该诗，因此唯第一版最值得拥有。又，沙漠中，把石块丢入碗中意为"上马"。

[3] Dawn's Left Hand 指真正黎明前一小时左右地平线上的微光一现（也称"假黎明"）。在英语和拉丁语中，"左手"有"间接""错误"之意。

[4] 菲氏《柔巴依集》原作中，用的都是双引号，而且即使引号中的内容并未中断，转行后行首仍需有前引号。

[5] 到这里为止，这头三首诗讲的都是一日之始，而且有种紧迫感。在很多原版书中，它们常按菲氏的意图排在同一面上。

[6] 这"新岁"的元旦在春分（3月21日）那天。

[7] WHITE HAND OF MOSES 典出《旧约全书·出埃及记》4章6节（据说《古兰经》中也有此说），这里指的是一种白花。

[8] 古波斯人认为，耶稣起死回生的法力在其呼吸之中。这一行喻花开大地。

[9] Irám 是波斯古代名园，为夏达德王所建，已湮没于阿拉伯沙漠中。

[10] Jamshýd 为传说中的波斯王；七环杯为一灵杯，象征七天、七海、七行星等。这里的 Sev'n 等于 Seven，为符合诗律，算作单音节，类似情况诗中很多。

[11] David（？—前962）是古以色列王，能诗善歌，据说《圣经》中的《诗篇》为其所作。

[12] Péhlevi 又称钵罗钵语，是流行于3到9世纪的中古波斯语。波斯袄

教（即拜火教，旧译琐罗亚斯德教）圣书《阿维斯陀古经》即以此写成。
[13] 从第四首开始到这里都是春天的景象。
[14] 本诗开始是夏日了，初夏的景象延续到第 13 首。
[15] Kaikobád 是塞尔柱王朝（11—13 世纪）著名苏丹，死于 1234 年，统治的地域几乎包括整个小亚细亚。这里，他和杰姆西泛指"英雄"或"风流人物"。菲茨杰拉德在给教他波斯文的年轻朋友 Cowell 的信中，有这首诗的初译如下，可供比较：

> I long for Wine! oh, Sáki of my Soul,
>
> Prepare thy Song and fill the morning Bowl;
>
> For this first Summer month that brings the Rose
>
> Takes many a Sultan with it as it goes.

[16] Kaikhosrú 为古代传说中的国王，常用来泛指国王。
[17] Rustum 是相当于希腊神话中赫拉克勒斯的英雄。英诗读者熟悉这名字，是因为英国诗人兼评论家阿诺德（1822—1888）的名作《邵莱布和茹斯图姆》。
[18] Hátim Tai 是伊斯兰教出现前的泰族（一作泰伊族）首领，以东方式慷慨著名。
[19] Máhmúd（979—1030）又译马赫穆德，是阿富汗加兹尼王朝第三代国王，波斯的霍腊散地区曾受其统治。他实行极端的集权专制并多次侵犯印度。
[20] 本诗自发表以来，是被引用最多的英语四行诗。据称，除了《圣经》，没有任何英语译文如此为英语国家的人熟知。此诗后来略有改动，但同样著名。
[21] 波斯王宫外置有召集军队的大鼓。死神的召唤既然还远，就不必放在心上。
[22] its Treasure 指的是玫瑰的金黄色花蕊。
[23] 这首诗中景象突变，下一首回复到夏日的"金穗玉粒"等。看来菲氏不想让夏日景象中断，所以第二版中这两节诗位置对调，让这诗预示一种转变。

[24] Lighting 一词在"摹真版"等的第一版中作 Lightning。

[25] 伊朗西南部城市设拉子附近有古波斯都城之一波斯波利斯的废墟，据说该城为杰姆西所建，故又称塔赫特·伊·杰姆西，意为"杰姆西之御座"。

[26] Bahrám 又译"巴赫拉姆"，是 420—438 年在位的著名国王，因爱好猎野驴而有"野驴"诨名。

[27] Cæsar（公元前 100？— 前 44）为罗马统帅兼政治家，公元前 49 年起成为罗马独裁者，后被共和派贵族刺杀。菲氏在此想到英国一迷信说法，即"紫色的欧白头翁（这种植物在剑桥附近的弗里姆渠边很多）只长在沾过古代丹麦人鲜血的地方"。

[28] Hyacinth 这名称来自希腊神话，其花朵形状让人联想到美人的鬈发。

[29] E. B. Cowell 比菲氏年轻许多，却是东方语言专家，也是菲氏的波斯语老师。是他发现了欧玛尔·哈亚姆柔巴依的抄本并介绍给菲氏。他去印度当教授后，又发现欧玛尔·哈亚姆柔巴依另一抄本，也提供给菲氏。他俩对欧玛尔·哈亚姆的认识不同，在通信中经常讨论相关的各种问题。在 1858 年 3 月的《加尔各答评论》上，他发表介绍欧玛尔·哈亚姆的文章，其中有他对此诗的译文（如下），与菲氏"柔巴依"对照，可看出翻译与创作的区别。

> Wheresoever is rose or tulip-bed,
>
> Its redness comes from the blood of kings;
>
> Every violet stalk that springs from the earth,
>
> Was once a mole on a loved one's cheek.

[30] River's Lip 既然可能来自 lovely Lip，那么"江浒"也可能来自"绛唇"。

[31] 菲氏认为，"七千年"是因为"每颗行星一千年"；另有人认为，在欧玛尔·哈亚姆时代，波斯人以为地球的年龄是七千岁；而出版法文—波斯文对照本《柔巴依集》（1867 年）的法译者尼古拉认为，七千年是从人类始祖亚当之时算起。

[32] 夏日景象到此结束，此前的几首诗中已缺少色彩。

[33] 据《圣经》说法，人类始祖是用"地上的尘土"造的。

[34] TO-DAY 和 TO-MORROW 可理解为"今生今世"和"死后的世界"。

[35] Muezzín 是阿拉伯文音译,意为"宣礼员"。这是伊斯兰教清真寺(往往在高塔上或寺门)按时呼唤信徒做礼拜的人。

[36] Two Worlds 可指"此世"与"彼世"或"可见世界"与"不可见世界"以及这两者间的关系。

[37] 从第 23 首到这里,讲的是前景难测,强调的是"黑暗"和"尘土"。

[38] 在波斯大诗人阿塔尔(1142?—1220?)笔下,塞尔柱国的两朝宰相尼扎姆·乌尔·莫尔克被杀时说:神啊,我正在风的手中消逝。菲氏《柔巴依集》的前言中引用莫尔克《遗言集》里的材料,说他少年时与欧玛尔·哈亚姆、哈桑·本·萨巴赫一起在著名学者穆瓦法克门下学习,三人曾立誓今后有福同享。后来莫尔克荐举哈桑做官,但他嫌升迁慢,搞阴谋反对莫尔克,失败后遭贬黜,结果成为专事暗杀的教派首领,莫尔克也死在他手下。欧玛尔·哈亚姆却不愿做官,只求在莫尔克庇荫下隐居一隅,潜心于学术研究。但这说法并不可信,因为莫尔克不仅比其他两人年长三十来岁,而且穆瓦法克的学校关闭于 1047 年,所以另两个年轻人不可能在那里上学,再说,萨巴赫老家在如今的德黑兰附近,离穆瓦法克和哈亚姆所在的内沙布尔约 800 公里,不大可能让小孩去这么远就学。

[39] 本诗用了大量头韵 W,更富于音乐美。下一首的头两行也如此。

[40] 与本诗相应的 Cowell 译文如下,可供比较:

> Heaven derived no profit from my coming hither,
> And its glory is not increased by my going hence;
> Nor hath mine ear ever heard from mortal man,—
> This coming and going—why they are at all?

[41] 上一首诗与这首诗在发问:为什么创造人?

[42] 据菲氏解释,"土星为七重天的主宰。"另一方面,据古代托勒密体系,包含地球在内的第七重天即土星的那重。

[43] 据菲氏解释,ME AND THEE(原注如此,指有别于整体的个体存在)。

[44] 据菲氏原注,大概是阿塔尔写过与此有关的故事:口渴的旅人用手掬

起泉水喝，另一旅人走来，用陶碗喝水后撇下碗走了。第一位旅人用那碗再舀水喝，却惊奇发现，同样的泉水，刚才用手掬起喝有甜味，现在用陶碗喝却有苦味。这时有声音也许来自天上，说是做那碗的黏土原先是人，因此无论做成什么，都不会没有死的苦味。

[45] 本诗仅出现在第一版中。

[46] Daughter of the Vine 喻葡萄酒。

[47] 菲氏认为，研究逻辑和几何的欧玛尔·哈亚姆在此打趣其学术活动并提到他另一首原作（但译成散文）：

> You and I are the image of a pair of compasses; though we have two heads (sc. our feet) we have one body; when we have fixed the centre for our circle, we bring our heads (sc. feet) together at the end.

菲氏提到这诗，因为该诗与英国玄学派代表诗人多恩（1572—1631）名作《告别辞：莫悲伤》中的三节诗异曲同工。只是哈亚姆称作"头"的部分，多恩称作"脚"，而且多恩以圆规喻夫妻的分别与团聚。下面是上述英译的拙译，但译成柔巴依：

> 你和我有着一个圆规的形体，
> 虽有两个头，身子却合二为一；
> 　在确定我们圆周的中心之后，
> 我们最终把两个头合在一起。

而多恩那三节诗的拙译如下：

> 就算是两个，这两个灵魂
> 也像笔直圆规的一对脚：
> 你的是圆心脚，看来不动，
> 但圆周脚一动，你也动了。

富有传奇色彩的诗篇

> 而尽管它始终守在中心，
> 但当那另一个离它外出，
> 它就弯着身倾听其音讯，
> 直到那一个回家才直竖。
>
> 你对我也是这样，我只能
> 像那圆周脚弯着身独出；
> 你的坚定使我圆画得准，
> 使出发之处成为我归宿。

[48] 据说有七十二种宗教分割了世界，当然，"七十二"并非确数。

[49] 上一首诗把酒比作"至高的法师"，本诗中则比作入侵印度的 Mahmúd（前面第 10 首中作 Máhmúd）。

[50] 本诗仅出现在第一版中。

[51] 从第 33 首到这里，诗中较多光和影，如"灯盏""黄昏""星斗""乌有之晨""暮色里"的天使形象、剑光下的"黑压压贼寇""走马灯""蜡烛""太阳"等。到第 48 首才出现"玫瑰""嫣红佳酿"等色彩。

[52] 这天使是死亡天使。

[53] 这里的 Ball 指马球，这种运动起源于东方。

[54] 这是在命运之书上书写。

[55] 意谓创造第一个人时，上天已为整个人类"定型"。

[56] 从第 49 首到这里，显示人类在命运播弄下的无助。

[57] Foal 喻太阳，Parwín 和 Mushtara（在第四版第 75 首中，作 Mushtarí）分别指昴宿和木星。这三行意谓"当初在天空布下星斗时"，也即早在创造宇宙时。此诗涉及星象学，而欧玛尔·哈亚姆谙于此道，曾以此谋生。

[58] 此诗末尾无标点，可见与下一首诗相连，构成一个句子。

[59] Súfi 是伊斯兰教的神秘主义派别，也是对该派信徒的称呼。他们实际上是泛神论者，认为神即万物、万物即神。据说，他们对欧玛尔·哈亚姆又怕又恨，因为他毫不隐瞒自己的观点并嘲笑他们的信仰。

[60] 在第二版第 83 首和第四版第 77 首中，Wrath 和 consume 之间有短横线。

[61] 《旧约全书·创世记》第 2—3 章中说"上帝在东方的伊甸立了一个

[62] 这首柔巴依中的反宗教思想达到最高潮。哈亚姆毕竟是穆斯林，难以写出这样的诗。诗中的"你"显然不是中世纪波斯的伊斯兰真主，而是英国维多利亚时代的基督教上帝。据说这首诗深受斯温伯恩和托马斯·哈代喜爱，后者临终时还让妻子念给他听。这首诗表明白天已结束，此时天色渐暗，而月亮尚未升起，为壶罐们提供了议论的背景。

[63] "壶罐篇"包括第 59 首到 66 首，共 8 首。后来各版中取消了这个标题，却都成了 9 首——第二版中是第 89 到 97 首，此后几版中是第 82 到 90 首。

[64] Ramazán 意为"斋月"，也音译作"莱麦丹"，为希吉拉历九月。斋月中，穆斯林从日出到日落禁食。由于是阴历，新月出现就是斋月结束。

[65] 希伯来先知早就把人和造物主看成陶壶和陶匠(见《旧约全书·耶利米书》18 章 6 节)，文学中也经常用此比喻。

[66] 这首诗后来化成了两首，即第二版的第 90 和 94 首，其后各版的第 83 和 87 首，

[67] 这是个不可知论者，它不知道世界是神创造还是自然形成的。

[68] 这个陶罐是相信永生的。

[69] he 在"摹真版"等的第一版中作 He。

[70] 英国的基督教圣公会有广教会派和普救派。前者避免对教义作严格解释和严格仪式；后者相信所有的人终将获救。这壶的发言有这两派的倾向。

[71] 此罐持决定论观点，认为一切事物具有不以人们意志为转移的必然性和因果制约性。

[72] 这只壶有普救派倾向。

[73] 这壶看来已丧失其早先信仰，但希望能恢复。

[74] 到这首为止的"壶罐篇"中，菲氏提出了一系列问题：首先，人和神是什么关系？其次，如果神造人有目的，为什么又把人踩回到泥土中？为什么神造了美好的事物，却在没有明显理由的情况下毁掉它们？再次，如果有丑恶存在，那么神为什么创造丑恶？最后，如果神充满慈悲，那么对人的惩罚是否违反其本性？但是对这些问题并无解答，只能靠"熟稔的酒浆"来逃避。

[75] 因为新月出现便是斋月结束，所以大家都盼着新月，见第 59 首注。

菲氏对此诗的原注中录有哈亚姆另一首同样题材的柔巴依，菲氏的英译与拙译为：

> Be of Good Cheer—the sullen Month will die,
> And a young Moon requite us by and by:
>   Look how the Old one meager, bent, and wan
> With Age and Fast, is fainting from the Sky!

> 高兴吧！沉闷的斋月已经快死，
> 不久，新月将补偿我们的损失；
>   看，因时光和斋戒而瘦弱、伛偻、
> 苍白的老月，正在从天边消逝！

[76] 新月出来了，壶罐们议论结束。

[77] 现在花园里的气氛又活跃起来，但诗人已逝，融入了自然。

[78] 据说东方人保存珍贵手稿的盒子中放有麝香。又，菲氏1857年6月收到Cowell从印度寄来的邮包，其中是含516首"柔巴依"的"加尔各答抄本"，邮包中还有作为礼物送菲茨杰拉德夫人的香盒，使这抄本也满是香味。

[79] 本诗的最初汉译出现在胡适《尝试集》中，是最早白话译诗之一，后来郭沫若、闻一多、徐志摩、朱湘等都译过此诗，但原作的文本有所不同。胡适用的第二版第108首与这首基本相同，第一行后半为 with Fate conspire；而郭沫若《鲁拜集》的原作是第四版第99首，第一行后半为 with Him conspire。

[80] 最后又是在美好的花园里，但已没有早晨的喧闹，只有月夜的平和宁静。

[81] "异文校勘本"中，各版的结束处都有这句点，但"摹真版"中，除第一版起初有此句点，其后各版均无。

[82] "异文校勘本"中，Wake 印作 WAKE。

[83] False morning 指真正黎明前一小时左右地平线上出现的微光一现。

[84] 可参看第一版第4首注释。

[85] 可参看第一版第5首注释。

[86] 可参看第一版第 6 首注释。

[87] 内沙布尔在伊朗西北部，位于马什哈德以西不远，是欧玛尔·哈亚姆诞生地。巴比伦是巴比伦王国都城，位于幼发拉底河东岸和两河流域中心，在现伊拉克境内。

[88] 可参看第一版第 8 首注释。

[89] 可参看第一版第 9 首注释。

[90] 可参看第一版第 10 首注释。

[91] 可参看第一版第 12 首注释。

[92] 可参看第一版第 13 首注释。

[93] 可参看第一版第 17 首注释。

[94] 这里指波斯古都波斯波利斯遗迹。据一位英国人游记中说，废墟上有该诗和哈菲兹（1325？—1390？）等诗人作品。

[95] 巴列维语中的"Coo, Coo, Coo"在波斯语中意为"哪里？哪里？哪里？"

[96] 可参看第一版第 20 首注释。

[97] 可参看第一版第 18 首注释。

[98] 可参看第一版第 19 首注释。

[99] 可参看第一版第 23 首注释。

[100] 可参看第一版第 24 首注释。

[101] 这首诗为其他各版所无，但这行文字出现在第一版第 26 首和第四版第 63 首的第四行。

[102] 可参看第一版第 25 首注释。

[103] 这首诗与第一版第 27 首的区别仅在于第二行 argument 和第四行 door 的首字母未大写。

[104] 可参看第一版第 28 首注释。

[105] 可参看第一版第 29 首注释。

[106] 可参看第一版第 31 首注释。

[107] 可参看第一版第 32 首注释。

[108] 这首诗为第一版中所无，其中意象来自阿塔尔作品。

[109] 这里的 Heaven 在"摹真版"等文本中为 Heav'n。又，Signs 指黄道十二宫。

[110] 可参看第一版第 36 首注释。

[111]《圣经》中说，上帝按自己的形象，用泥土捏成人，又向他吹气，

[112] 据菲氏原注，饮酒前酹酒于地，是波斯人乃至东方人的习惯，最早可能有实际目的。这酒渗进地下，可让其崇拜者的可怜骨骸滋润一下。

[113] 这里的 Angel 是冥河边的死亡天使或死神。在有些版本中，drink 前有 darker 一词，显然有误。

[114] Spangle 即珠片，又叫珠光片、亮片、八面光，是晶光锃亮而价格低廉的金属片或塑料片，常用来装饰戏装或衣物。

[115] Alif 为阿拉伯字母中的第一个字母（波斯语中的音名为 Alef），是唯一书写的元音，也是伊斯兰教的真主"安拉"(Allah) 的首字母。

[116] 照波斯神话的说法，万物从月亮开始，到鱼结束。

[117] 第 50 首到 55 首为第一版中所无。

[118] 可参看第一版第 40 首注释。

[119] 可参看第一版第 41 首注释。

[120] 欧玛尔·哈亚姆是杰出的数学家，曾参加改革历法并获得很大成功。

[121] 可参看第一版第 43 首注释。

[122] 可参看第一版第 44 首注释。

[123] tendril 是葡萄的卷须。

[124] Ferrásh 是菲氏对波斯文的音译，意为"仆从"或"搭帐篷的人"。

[125] 这里是一个走马灯的形象。

[126] 可参看第一版第 50 首注释。又，"摹真版"等文本中的 question 首字母大写。

[127] 可参看第一版第 51 首注释。

[128] 可参看第一版第 53 首注释。

[129] "摹真版"中，prepare 后为冒号。

[130] 可参看第一版第 54 首注释。

[131] 可参看第一版第 58 首注释。

[132] 第 89 到 97 首与其他柔巴依隔开，相应于第一版中的"壶罐篇"。

[133] 可参看第一版第 59 首注释。

[134] 本诗为第一版所无，相当于第四版第 83 首，但内容全然不同。

[135] 可参看第一版第 61 首注释。

[136] 可参看第一版第 62 首注释。又，这行中的破折号在"摹真版"等文本中为逗号。

[137] 可参看第一版第 63 首注释。

[138] 可参看第一版第 60 首注释。

[139] 可参看第一版第 64 首注释。又，这行中的 Good 在"摹真版"等文本中首字母小写。

[140] 在"摹真版"中，But 后无逗号。

[141] 可参看第一版第 65 首注释。

[142] 可参看第一版第 66 首注释。

[143] 据哈亚姆的撒马尔罕学生赫瓦加·尼扎米记述："从前我常在花园里同欧玛尔·哈亚姆老师谈话。有一天他对我说，'我的墓要选在北风能把玫瑰撒上去的地方。'他的话使我惊奇，但我知道绝非戏言。（菲茨杰拉德认为此言不妥，因为《古兰经》说，'没人知道自己死在哪里。'）若干年后，我偶尔重访内沙布尔，去了他最后安息处。瞧，他的墓在一个花园外，结着累累果实的树枝伸过墙来，他墓上撒满了花，连墓石都在落花之下。"

[144] 可参看第一版第 72 首注释。

[145] 可参看第一版第 73 首注释。

[146] 在"摹真版"等文本中，这行中的 the 首字母大写。

[147] 从第三版（1872）开始，菲氏《柔巴依集》中的首数都已固定为 101 首，而且各首次序也固定。只是文字上略有差别，特别是标点符号和大小写等不大一致，实质性改动并不多。

[148] 从这里开始的 101 首柔巴依中，很多注释已出现在前两版中，可根据书后对照表查阅。以下的注释主要说明第三版、"第五版"中的差异。

[149] "异文校勘本"中，行首的 WAKE 印作 Wake。又，"第五版"中，Sun 后有逗号。

[150] 第三版初稿中，这头两行文字为：

Wake! For the Sun before him into Night

A Signal flung that put the Stars to flight

[151] 第三版中，kindles in 为 gushes from。

[152] 第三版中，Pehleví 为 Péhlevi。

[153] 第三版中，to' incarnadine 为 to'incarnadine。"第五版"中，her's 为 hers'。

[154] 第三版中，bluster 为 thunder。

[155] 第三版中，Mahmúd 为 Máhmúd。

[156] 本诗从第二版（第 15 首）起已无改动。

[157] "第五版"中，was gone 为 is gone。

[158] "第五版"中，destin'd 为 destined。

[159] 第三版中，deep 后是分号。（据"摹真版"注释）

[160] "第五版"中，Regret 为 Regrets。

[161] 第三版中，hath prest 为 has prest。

[162] "第五版"中，under Dust 后无逗号。

[163] 第三版中，mine own hand 为 my own hand。

[164] 第三版中，knowing 后有逗号。

[165] "第五版"中，sate 后为分号。

[166] 第三版中，might 为 could。

[167] 第三版中，Clay 后是逗号（据"摹真版"注释）。

[168] 第三版中的这首诗为：

> Listen—a moment listen!—Of the same
> Poor Earth from which that Human Whisper came
>   The luckless Mould in which Mankind was cast
> They did compose, and call'd him by the name

> 听，听一听！正是用同样的泥土——
> 这发出喃喃人语的可怜泥土——
>   他们塑造出不幸的人类形体，
> 然后用这么个名字把他称呼。

第三版初稿中，第一行文字为 For, in your Ear a moment—of the same.

[169] 第三版初稿中，行末逗号前的文字为 Of Wine from Heav'n her little Tass lifts up.

[170] 第三版中无破折号。

[171] 在第三版初稿中，这两行的文字为

> Oh, plague no more with Human or Divine
> To-morrow's tangle to itself resign,

[172] 第三版初稿中，这行的文字为 And if the Cup, and if the Lip you press,

[173] "第五版"中，这行的 the Angel 为 that Angel。

[174] "第五版"中，这行文字为 Were't not a Shame—were't not a Shame for him.

[175] 第三版中，本诗中两个 Sultán 均为 Sultan。

[176] 第三版中，该行为 As the SEV'N SEAS should heed a pebble-cast.

[177] 第三版初稿中，这行文字为 Before the starting Caravan has reach'd.

[178] "第五版"中，这最后三词是 may life depend。

[179] 第三版中，doth 为 does。

[180] 第三版中，这行是 TO-MORROW, You when shall be You no more？

[181] "第五版"中，这行行末无逗号。

[182] 第三版中，这行行末无逗号。

[183] 第三版中，这行行末无逗号。

[184] 第三版中，这里的 comrades 为 fellows。

[185] "第五版"中，fire 后有逗号。

[186] "第五版"中，emerg'd 为 emerged。

[187] "第五版"中，Sun-illumin'd 为 Sun-illumined。

[188] 第三版中，这行文字为 But Right or Left as strikes the Player goes。

[189] 据有的版本注释称，第三版中，这行的后一个 nor 为 and。

[190] 第三版初稿中，这里的 they 为 we。

[191] 第三版中，这里的 moves 为 rolls。

[192] "第五版"中，这里的 TO-MORROW's 为 TO-MORROW'S。

[193] 第三版中，这里的 Mushtarí 为 Mushtari。

[194] "第五版"中，这里的 predestin'd 为 predestined；而第三版中的这行行末有句号（据"摹真版"注释）。

[195] 第三版中，这里的 him 为 us。

[196] "第五版"中，这里的 we 为 he。

[197] "第五版"中，Oh 与 Thou 之间有逗号。

[198] "第五版"中，这里的 Predestin'd 为 Predestined。

[199] "异文校勘本"中，这诗的第 2、3、4 行漏前引号。

[200] 第三版中，这行文字为 "Who makes—Who sells—Who buys—Who is the Pot?"(管谁做谁卖谁买——谁算是陶器？)

[201] 这些星号表示"壶罐篇"结束，而"第五版"中却出现在第 99 首柔巴依之下，看来应放在这里，因为放在那里并无意义。

[202] 第三版中，这里的 in this World 为 in Men's eye。

[203] "第五版"中，Cup 后无逗号。

[204] 这些星号也出现在"第五版"中，但放在这里似无意义。

[205] 第三版中，这里的 Sákí 为 Sáki。

[206] 第三版中，这里的 joyous 为 blissful。

附录一
《柔巴依集》——富有传奇色彩的诗篇

拙译《柔巴依集》自1982年初版以来,整整15年过去了[①]。在此期间,新译和有关文章时有所见,其中,张晖先生从波斯文直接译出的《柔巴依诗集》(湖南人民版,1988)与莫渝先生撰《<鲁拜集>一甲子翻译史》(《台湾时报》1987年3月6日)提供了丰富和翔实的材料,使我获益尤多。我得知,在我之前,我国至少有14人译过此书的全部或局部。而拙译出版后,至少又有8人译过此书,以致80年代里,海峡两岸一下子推出了5种全新的译本。60多年时间里,有如此多译者不断重译这诗篇,不仅说明原作价值,也使这部作品在我国更显得光辉夺目。

拙译本书的初版前言中,录有美国诗人兼文学评论家J. R. 洛威尔(1819—1891)的一节诗,他把欧玛尔·哈亚姆的原作喻为波斯湾的思想之珠。但我感到,无论是前者还是菲茨杰拉德的《柔巴依集》(以下简称菲氏《柔巴依集》或菲《柔》)更像钻石,不同的译者在这"钻石"上打磨出不同的反射面。译者越多,反射面也越多,"钻石"就格外光华四射。

当然,这些反射面还有折射作用,能折射出一些文学和非文学现象,折射出诗歌翻译在我国的发展历程,为这方面研究提供宝贵的材料。另一方面,尽管我知道每本书背后都有故事,但以前不曾想到,篇幅如此短小的译诗,竟然改变了我的后半生,使一个只是在业余时间译诗自娱的人顾不上考虑种种不利条件,坚定地走上了文字工作之路。

---

① 本文写于1997年,原为1998年出版的英汉对照《柔巴依一百首》前言(中国对外翻译版)。

所有这些，加上有时看到一些相关文章（例如1994年某"研究"刊物载文说，此书"译本甚少，流传也不广泛"），常使我感到有话要说。因此，本书出版之际，我想就我所知道的原作和译本情况以及拙译所涉及的一些事，较系统地作一介绍。

《柔巴依集》原作

我早就知道有本英文的《柔巴依集传奇》，但很久都未见到。而凭目前知道的情况看，《柔巴依集》在很多方面富有传奇色彩，摘要列举如下：

1）"柔巴依"是9、10世纪出现于波斯和塔吉克一带的四行诗体，欧玛尔·哈亚姆（1048—1131）很可能写过一些这种诗，然而尽管从波斯诗歌之父鲁达基（858—941）以来，几乎所有波斯重要诗人都写过柔巴依，但现在提到被称为世界文学瑰宝的《柔巴依集》，大多指归在欧玛尔·哈亚姆名下的那些作品，或指菲茨杰拉德（1809—1883）创作成分极大的译诗。这情况很罕见，例如欧洲有许多十四行诗集，但即使是莎士比亚的，也不能单以"十四行诗集"名之。

2）欧玛尔·哈亚姆去世几百年后，即使在其故乡，他的诗已被淡忘，却有位半隐居的英国文人菲茨杰拉德对之发生兴趣，以极自由的方式"译出"一批英国式柔巴依并编成集子。这集子不仅引起全世界对波斯"柔巴依"的注意，其本身也成为英诗精品并获得世界性声誉，成了频繁翻译的对象。这情况在诗歌史、翻译史乃至文学史上都可说独一无二。

3）菲氏首次隐名自费印制《柔巴依集》是在1859年，这似乎注定日后的不凡经历，[①]因为这年正逢达尔文出版《物种起源》。

[①] 闻名于世的伦敦"大本钟"也建于1859年。

这两本书分别从文学和科学角度对宗教提出挑战，成为当年英语出版物中最重要的两本。

4）菲氏《柔巴依集》出版之初备受冷落，售价从一先令① 惨跌到一便士。但落到书店门外书箱后却被人偶尔发现，受到诗人罗塞蒂、斯温伯恩等人的极力推崇，于是售价陡增。1929年，一本这样的初版书在纽约拍卖，竟拍到8000美元！②

5）菲氏的这本初版书含75首（300行）柔巴依。后来他不断修改和重译重编，1868年的第二版含110首，此后几版固定为101首，文字上的差别也越来越小。以如此小的篇幅而成为世界名作，实属罕见。

6）从翻译上看，菲译并不忠实，但其影响之大、流传之广，却叫人称奇。单是从印次上讲，它到1925年时已印了139次。而其中半数以上诗句收入《牛津引语词典》（也称《牛津名句词典》），入选率之高，在这部词典中无有其匹。

7）菲氏《柔巴依集》的成功掀起翻译柔巴依的持久高潮，到1900年底，已有20种英译。据伊朗学者粗略统计，已有32种英译本，16种法译本，11种乌尔都译本，8种阿拉伯译本，5种意大利译本，4种土耳其和俄译本；另外，丹麦、瑞典、亚美尼亚各有两种译本③——据说至今有54种语言的140种译文，其中很多译自菲《柔》。作为文学作品，译文之多可谓举世无双，而版本之多与印数之大已难于统计，据说单是在纽约图书馆就藏有五百多种版本。尽管如此，20世纪下半叶仍不断出现新译。

---

① 一说五先令。
② 据 Garry Garrard 在其专著 *A Book of Verse*（2007年）中说，此前几年有人在网上出让这一仅36页的小册子，索价6.5万美元，后来再看时已无消息，看来已卖出。
③ 这第7和第8点中的数字引自张晖《柔巴依诗集·译者前言》。另外，就笔者所知，菲氏《柔巴依集》还有冰岛语和拉丁语译文。

8）据伊朗学者统计，到1929年时，有关哈亚姆及其诗歌的论著和重要论文，仅欧美国家就达1500多种。当然还有不少专著。另外，据说有百位左右作曲家曾为之谱曲，而相关电影也有三部之多。

9）《柔巴依集》的装帧和插图也千姿百态，很多名家乐于为之设计，包括19世纪文化伟人之一莫里斯（1834—1896），早在1871年，就手抄该书并首先同伯恩-琼斯等首先为这抄本作花饰。有些豪华本出版时售价已达200美元，有的甚至以宝石装饰（其中最豪华的一本随"泰坦尼克"沉没）。至于插图，到1914年时，已有40位画家为菲氏《柔巴依集》作插图，用于250种版本。如今已至少有160位以上的画家为之作插图，有的画家一作再作，而有的出版人仅在第二次世界大战之后就出了五种不同插图本。如今有关这些插图本的专著已不止一本。

10）《柔巴依集》成为出版热点后，各种版本层出不穷，如今当在千种以上。其中不仅有天价的豪华版、限量本（这种出版形式也为后来T. S. Eliot 和 Ezra Poound 等诗人的先锋作品采用），也有盲文版。大的开本如维达的对开本，小的只有4×6毫米（1932年）。各种"限量本"更是争奇斗艳，有的仅限30本（准备美国18本，英国12本，结果只完成22本）。总之，菲氏《柔巴依集》的成功，引出了很多出版佳话，甚至在英美等地形成"欧玛尔·哈亚姆俱乐部"，成员常胸佩玫瑰相聚品红酒，吟咏柔巴依，甚至结伴去欧玛尔·哈亚姆故乡内沙布尔。至于以此命名的旅馆、饭店、酒家、酒吧也时有所见，而五花八门的"专题柔巴依"（其中著名的如《波斯小猫柔巴依集》等）就不胜枚举了。

《柔巴依集》汉译

从上文可看出，如果说有文学作品风靡世界，那么《柔巴依集》当之无愧。而这还是国外的情况。事实上，它的汉译情况同样令人眼花缭乱，译本之多，当为诗集之冠。

关于柔巴依的汉译，可说一开始就颇不寻常。首先，在菲氏《柔巴依集》初版问世的60年后，于"五四"前夕的1919年2月28日，胡适译了一首他称为"绝句"的《希望》，收在我国第一本新诗《尝试集》中，这可说属于最早译成新诗的外国诗。然后，郭沫若于1922年译出了菲氏第四版全部101首，又写了两篇有关文章，发表在当年10月的《创造季刊》第3期，后来在1924年1月的单行本上加了译名《鲁拜集》①。看来，这是我国翻译史上第一部完整译出的抒情诗集，也是第一本以新诗形式译出的诗集。

闻一多读了郭译后，在《创造季刊》2卷1期发表长文《莪默伽亚谟之绝句》，对郭译作了热情评价和严肃批评，指出九处误译，要求郭今后再译三译。郭沫若表示："你这恳笃的劝诱我是十分尊重的。我于改译时务要遵循你的意见加以改正。"看来，早期这一正常的文学批评不仅成为译坛佳话，②还可能是我国最早的现代译诗批评。

在这篇文章中，闻一多也译了几首柔巴依。所以，如果哈亚姆和菲氏泉下有知，当为他们在中国有这样几位译者而高兴吧。

此后，从1934年到整个40年代，菲氏此诗的汉译又出现不少。其中全译的有吴剑岚、伍蠡甫③的英汉对照本（1935），孙毓堂的韵体新诗译文（1939），李意龙④的旧体诗译文（1942自印）。同年，潘家柏以无韵新诗形式译出另一位英译者的无韵散文体《柔巴

---

① 据莫渝《现代译诗名家鸟瞰》（幼狮版，1993）。
② 三十多年后，一位诗人译家以读者身份两次致信郭沫若，对其《鲁拜集》提出意见，可惜这段经历未成为佳话。
③ 大约在1983年，伍蠡甫给笔者一信，附有少量柔巴依，说译文要用，但诗也许不是菲氏的，要求代查代译。笔者不知他同柔巴依的关系，结果在菲译中空找一番后将译文寄去，至今也不知道是谁的柔巴依和用在哪里。
④ 据顾家华先生指出，李意龙为李竟容之误。

依集》①。此外，朱湘在 1934 年译出 15 首柔巴依，李霁野在 40 年代以五、七言形式全译该诗。

从上世纪 40 年代末到 80 年代初的 30 多年间，大陆上没有新译本出现，只是在 1958 和 1978 年重印了郭沫若的《鲁拜集》。而在海峡彼岸，50 年代有黄克孙的七绝译本，1971 年有孟祥森和陈次云两种译文（在同一英汉对照本内），80 年代有虞尔昌译本。但余生也晚，虽侥幸成为《柔巴依集》译者，这些译本先前既从未听说，至今也大多未曾见过。

1982 年拙译《柔巴依集》出版后，1988 年和 1991 年，张晖和张鸿年分别出版直接从波斯文译出的《柔巴依诗集》②和《波斯哲理诗》。1990 年柏丽自费出版了英汉对照的《怒湃译草》，其中有七言与语体两种译文。

此外，国内外还有菲氏《柔巴依集》的一些零星汉译，如飞白 27 首，施颖洲 12 首等。还有些译者虽译出菲《柔》某一版本全文，却因这样那样原因而未出版，这样的例子 20 世纪 50 年代就有，80 年代也有，③后来此种情况似乎更多，当然，后来出版的新译《鲁拜集》也更多。总之，菲氏《柔巴依集》自胡适以新诗形式开译以来，六七十年间，单是按此书译出的中文全译本已达十多种。这不

---

① 这段文字中的资料都来自莫渝《〈鲁拜集〉一甲子翻译史》，但后来据收集并研究各种《柔巴依集》版本和插图本的顾家华先生相告，伍蠡甫并没有译过《柔巴依集》。
② 《柔巴依集》和《鲁拜集》是英语 Rubáiyát 的两种译法，前者来自维吾尔语已约定俗成的汉译，后者是郭沫若译名。本书前言中对此已有说明。
③ 曾听资深编辑与著名译家方平说过，20 世纪 50 年代有人重译《鲁拜集》来稿，译文很好，但当时不可能出版而退稿。这次正写此拙文，读到陈四益先生 1997 年 7 月发表的《读书不容易》，得知复旦大学教授赵宋庆先生曾全文翻译了"莪默的《鲁拜集》，好像没有出版"。不知道新文艺出版社当时收到的是不是赵先生稿子，如果不是，就多了一种未出版的全译了。另外《读书》1988 年 12 期《黄昏畅想》一文，是译者瞿炜为其《鲁拜集》所写前言，但其《鲁拜集》后来未见出版。

仅是我国译诗出版的奇观，也为研究我国诗歌翻译的发展提供了不可多得的材料。

《柔巴依集》和我

我想，在上述所有译者中，我与其他译者有个很大区别，就是翻译此诗时，我对其丰富多彩的背景一无所知，非但不知道早有郭沫若译本，甚至不知道原作如此有名。因为我只是在"文革"期间才对译诗发生兴趣，而借到的 *The Golden Treasury* 和简装袖珍本诗集中，分别收有菲《柔》第一版的75首与"第五版"①的101首——这是其五个文本中流传很广的两个，内容也有较大差异。

其实，我早先对菲氏《柔巴依集》及其汉译历史的无知并不奇怪。因为我生于技术人员之家，原想当建筑师什么的，从未想到搞外国文学，更别说外国诗歌。但说来也是缘分，在我记忆中，我翻阅的第一本英语原作就是插图精美的该书。我相信，在我父亲黄锤沂的书中，这是唯一的诗集，因为他喜欢看的主要是纪实性的英语书。

我记得这本书开本很大，纸张很厚，每首诗配有整面的画，似乎是铅笔画，笔法细腻淡雅。我当时识不得几个英文字，因此虽听父亲说这是英国人译的古代波斯作品而略感好奇，但翻看这书只是为看看插图。后来我家在"文革"中被扫地出门，这书自然一去不返——后来我见过较多菲氏《柔巴依集》插图本，翻阅过附有大量图片的该书插图本专著，却从未再见这种插图，看来专著中漏了这本书。

我问过父亲，他怎么会有这诗集。原来，父亲从上海圣约翰大学毕业后，曾去芜湖广益中学教书，同事中有一位语文老师陈梦家先生，听到他的介绍并看到他手边的菲氏《柔巴依集》，这才知道

---

① 菲氏生前只出过各不相同的四版，"第五版"是他去世后发现在其一本第四版中有他的一些改动，此即所谓的"第五版"。

有这样一本书，后来在上海看到那插图本就买了。可惜在我翻译时，这本书已同我家所有的书一起（包括从新中国成立前白色恐怖中保存下来的斯诺《西行漫记》原版和作者署名萧华、后得知实际作者为黄镇的《西行漫画》等等），在"文革"初期的"革命行动"中遭到了灭顶之灾。①

　　说也奇怪，借来两本英语诗集时，虽说外面昏天黑地，自己又朝不保夕，却居然有心思阅读从未读过的英诗，而且读着读着，居然感到了兴趣，忍不住试着翻译起来。待读到菲氏的柔巴依，觉得这是练习译诗的好材料。因为这种诗每首四行，每行10音节，韵式一致，易于背诵。出门上班前花几分钟背一背，有空时就可不露声色在心中翻译，而译文短小好记，抄录方便——在当时的环境中，译这诗的一大好处是隐蔽性很强，而且花很多时间译出的东西很少，便于藏藏掖掖，不致被发现。

　　值得一提的是，这时我与弟弟黄杲昶发生一次争论：英诗汉译是否有可能在内容与形式两方面都准确反映原作，而作为验证，我就翻译他的莎士比亚式英语十四行组诗《自然和人生：春·夏·秋·冬》②，最后得到他无保留的认可。这使我有信心以同样要求译出菲氏柔巴依，因为这两种诗的诗行都是5音步10音节。

　　现在想来，比较幸运的是，我一开始译出的菲氏《柔巴依集》第29首就与现在的文字差不多。当时我对这首译诗很满意，觉得如果能把每首柔巴依译到这样，那么一生也可交代了。于是译诗渐渐成为我的唯一爱好和消遣，对拙译的柔巴依不断修改和重抄，结果不知不觉已有十来个"抄本"，但对此书背景依然一无所知。

　　粉碎"四人帮"后，我偶尔看到消息：我国领导人将出访伊朗。

---

① "文革"后，市里组织过一次归还图书的活动，但没有我家所有图书的下落，当然也包括这两本。
② 这原作后在美国发表。可见拙文《译诗者与诗作者的一次"对抗"》（《外国语》1993年第2期）及拙著《从柔巴依到坎特伯雷——英语诗汉译研究》（湖北教育版，1999，2007）。

按当时惯例，报上对伊朗作些介绍，在说到其丰富的文化遗产时，提到"莪默·伽亚谟《鲁拜集》"。我心中一动，觉得这发音很像Omar Khayyám 和 Rubáiyát，这才想到该诗也许已有人译过，而且看那译名，我猜想那是二三十年代的译文。接着我又想到，既然报上用此译名，想必译文很有影响。

我当天就去住处附近的静安区图书馆，果然看到人民文学出版社不久前刚再版的《鲁拜集》（1978），但一看之下吃了一惊，原来是郭沫若译的！当时第一个想法是：拙译恐怕没有出版希望了。[①]我翻开书来拜读几首，又特别读了我翻译时感到犹豫的几首，例如第15首的郭译是：

> 有的惜金如金，
> 有的挥金如雨，
> 玉女金童身归大梦，
> 墓又为人掘启。

我看到拙译与郭译区别很大，对形式和内容的处理都很不同，于是向外地投稿。结果，虽说评价不错，却都未接受。这时我看到一权威诗刊载有从维吾尔文译出的柔巴依，是与拙译相像的格律诗，便选了16首拙译附了原文寄去，并附一信，说明我反映原作格律的译诗要求和不用"鲁拜"这一名称而用"柔巴依"的理由，同时也提出，对菲《柔》这样的名著，不应当只有一种译本……这次过了很长时间才收到退稿，得知"本拟在适当时候考虑的，但由于刊物调整版面及积稿较多"而退。

我相信该刊确实考虑过拙稿，因其中5首柔巴依有编辑改稿的

---

① 有这想法并不奇怪，当时我出一本薄薄的法汉对照读物，出版社还派员来单位"外调"。

铅笔字。但看了那些改动，我不再为退稿遗憾。因为拙译要求准确反映原作格律，但那些改动却有非格律化倾向。例如第29首（第三、四、"五"版，下同）改成了：

不知什么是根，哪里是源，
就像是流水，无奈地流进世间；
不知哪里是尽头，也不再勾留，
我像是风儿，无奈地吹过沙滩。

我不知为什么要这样改，把原先的"根由"改为"根"，"源头"改为"源"，"宇宙"改为"世间"，"沙丘"改为"沙滩"，结果原来12字的第一行改成了10字，打破诗的格式。更叫我吃惊的是，第49首第2行中的"生命的珠片"（spangle）改成了"生命的珠宝"——珠片者，装饰服装用的闪光金属片或塑料片也，看似五彩斑斓却并不值钱，怎能改成"珠宝"？这还不算，第61首第2行中，攀缘植物的"卷须"（tendril）改成了"虬髯"！我无法想象，编辑修改译诗竟可以不看原作或不查词典！

投稿的经历可说一次比一次令人啼笑皆非。转眼到了1981年，离菲氏逝世100周年只有两年了。在热心朋友和编辑鼓励下，我把拙稿送进了听说"门槛较高"的上海译文出版社，却很快被接受，而更令我意外的是，译文社希望调我去那里工作。我心头一热，放弃了两年多前刚通过考试获得的高校教职，在45岁那年学习当编辑，却几乎没考虑自己患有视网膜色素变性，而当时这眼科绝症已纠缠了我26年。

《柔巴依集》的出版使我大受鼓舞，让我更有信心坚持我努力的方向，此后，我所有业余时间都花在译诗方面。幸运的是，我从这本极小的英诗开始，凭着残剩的眼力，沿着翻译菲氏《柔巴依集》中摸索出来的译诗要求一路走去，出版了一些英美诗集和英汉对照译诗集，填补了很多空白，后来还译出了英诗的开山之作《坎特伯雷故事》。

我确实感到菲《柔》的奇妙力量，在全国只有 8 部样板戏的日子里，它居然吸引了我这样一个本同外国诗无缘的人，充实了我的生活，让我以译诗自娱、自慰、自勉，促使我不断自学，并在柔巴依的反复翻译中练习译诗，让我在"文革"结束后，不致因荒废 20 年而找不到自己位置。

有关《柔巴依集》的某些事也可在此一提：

1）这本拙译初版售价 0.41 元，1991 年再版，售价 1.85 元。作为世界级名著译本，这大概可算最低价了，何况书中还有多幅插图。该书看来虽是小册子，当时还经多人审稿，而最后的责编是著名译家方平，负责封面设计的美术编辑是颇负盛名的陶雪华——说也奇怪，我进社后出了十来本书，这样的荣幸却不多了。

2）1990 年，柏丽出版按菲氏原作译出的《怒湃译草》。在这本钱锺书先生题写书名的书中[①]，译界前辈李霁野先生的短序中写道，"去年（按：1988 年）曾读到此诗的语体译文——黄杲炘译《柔巴依集》。我以为也很好。读者可以对照，对译诗的途径可以增加若干经验，精益求精。"我得知后很感动。这不单因为这是在给另一译本作序，更因为李先生自己也曾用五、七言译过此书。我认为这不仅表明他对各种译诗方式的敏感，更反映了一位前辈的公正。

3）《柔巴依集》给我带来了最热心的读者。从 1990 年起，他从天津等地写来 20 多封信（后来考虑我眼力差，就来电话），并利用调去学校工作的第一个暑假，特意来上海找我谈有关此书的问题。他虽然学经济，却"多次读了《柔巴依集》"，还参看原作和其他中译本，甚至在 1988 年写了英语论文 *The Spirit of Rubáiyát*。

---

① 施蛰存先生有《鲁拜 柔巴依 怒湃》一文，对《怒湃译草》这书名表示不同意见（《读书》1991 年第 10 期）。

在他第一封来信中,他讲了接触《柔巴依集》的经过。

"大概是在 1983 年,那时我可能读二年级。我俩第一次深谈是在一个傍晚,我和她来到靠近农场的一片草地,在一棵大榕树下坐下。我的话很多,她却很少言语。我记得那一次她背诵过这样一首美丽的诗:

> 在枝干粗壮的树下,一卷诗抄,
> 一大杯葡萄美酒,加一个面包——
> 你也在我身旁,在荒野中歌唱——
> 啊,在荒野中,这天堂已够美好![1]

"我问她这是哪一首诗,她便从书包里拿出那本《柔巴依集》送到我眼前,我把那本书连同她纤小的手一起紧紧握住……

"一种奇怪的心理促使我去了解伊斯兰文化,我读了《蔷薇园》《哈菲兹爱情诗选》等古波斯的诗歌、散文,也读了《可兰经》……"

能够有这样的读者是我的幸运,而迄今为止,也只有《柔巴依集》带给我这样的读者。

从菲《柔》汉译看几种译诗方式

菲《柔》在我国有十多种全译本,自然成为各种观点的论据或实践的例子。有人提出,不求形似、但求神似而获得成功者,最著名的例子就是菲《柔》,甚至还有人认为应当效法这样的译诗。相反意见则认为,菲氏《柔巴依集》并非忠实的翻译,说神似只是因为其成功才这么认为,而其成功有很大偶然性,事实上这种译法并无普遍意义和可操作性,要想学未必学得像,学像了也未必就成功。而且,也正因为菲译并不忠实,后来还有译者咒骂他。

---

[1] 这是拙译初版中的译文。

意见如此对立，也反映在译文上。可以说，对菲氏《柔巴依集》的各种翻译体现了不同的目标和手法。下面就通过柔巴依这种诗体，看它在汉语中可译成哪些形式以及各自的合理性。请看菲《柔》"第五版"第一首：

  Wake! For the Sun, who scatter'd into flight
  The Stars before him from the Field of Night,
   Drives Night along with them from Heav'n, and strikes
  The Sultán's Turret with a Shaft of Light.

这是典型的英语柔巴依：每首4行，每行10音节，构成多为抑扬格的5个音步，韵式为aaxa（也可aaaa）。可附带说明的是：1）第三行常缩进两个字母位置，以突出其东方韵式；2）Heav'n 表明此词视为单音节，以符合格律要求；3）很多名词虽不在句首或行首，但词首可按惯例大写。

请看这样的诗译成汉语时，就形式而言，可有几种译法：

1）"自由化"译法：最自由的译法是把诗当散文译，但是对此类短诗，这样的汉译很少，如钱锺书先生译菲氏后来的第12首：坐树荫下，得少面包、酒一瓯、诗一卷，有美一人如卿者为侣、虽旷野乎、可作天堂观。当然，译成自由诗的自由度有所不同，有些连行数和韵式都是自由的，如：

  太阳射出一支光箭，
  正中苏丹王宫的塔尖，
  醒来吧！
  太阳已经把夜空的群星驱散，
  也已赶走了沉沉的黑夜。

        （虞尔昌译）

有些的行数和韵式同原作一致，但诗行长短颇自由，如：

醒呀，太阳驱散了群星，
暗夜从空中逃遁，
灿烂的金箭，
射中了苏丹的高甍。
　　　（郭沫若译）[①]

2）自由 - 补偿式译法[②]：译诗有格律，但与原作格律并无关联（因此实际上是自由的），只是作为对原作格律的补偿。这种格律可以是译者自制，也可以是某种现成格律。后一做法较极端的例子，是以某种词牌之类的形式去译外国诗，常见的则是以传统的五、七言形式，如：

醒醒游仙梦里人，
残星几点已西沉。
羲和骏马鬃如火，
红到苏丹塔上云。
　　　（黄克孙译）

3）对应式译法：即译诗形式与原作有对应关系，这有三种情况：
a) 译文行字数与原作行音节数相当或相应，即根据原作行音节数限定译文行字数的译法，例如限定柔巴依译文为每行10字：

醒来！太阳驱散面前星宿，

[①] 从总体看，郭译还是非常自由的，例如前面一首，郭译就没有反映原作韵式。
[②] 这种译法曾被丰华瞻先生称为"民族化"译法。

星群从夜域中纷纷逃走。
它撵跑裹挟星湍的黑夜，
一道光，把苏丹塔楼刺透。
（柏丽译）

b)"以顿代步"译法，即要求译诗行顿数反映原作行音步数，而对译诗行字数没有要求，如：

醒来吧，太阳已从黑夜的田园
把满天星斗驱赶得纷纷逃散，
将夜色同星星一起赶离天际，
阳光之箭已射中苏丹塔尖。
（黄杲炘译）

c)兼顾译诗行顿数与字数译法。这实际上是上两种译法的结合，也即要求译诗行的顿数与字数分别与原作行的音步数与音节数相同和相应——当然，同上两种译法一样也反映原作韵式，如：

醒醒吧，太阳已把满天的星斗
赶得纷纷飞离了黑夜的田畴，
叫夜色也随同星星逃出天空，
阳光之箭已射中苏丹的塔楼。
（黄杲炘译）

看来，要将一首诗汉译，主要就这几种方式，当然，同一种方式还可以有语言之别，有宽严之分等，使结果大为不同。如果译诗只为自娱，那就怎么译都无所谓，因为任何方式都可译出好诗或坏诗，而且人们对译诗的形式和好坏也各有标准。有人喜欢格律，有人喜欢自由，有人看到五、七言感到亲切，有人看译诗先看译者姓名……结果，对同一首译诗，可以有截然相反的看法。所以我觉得，在目前没有公认标准的情况下，作译诗比较分两种情况：一是在按同样标准译出的诗之间作比较，一是在按不同标准译出的诗之间作比较。前一种比较问题不大，而后一种比较却涉及不同标准之间的比较，因为各种标准的合理性与难易程度并不一样。讨论译诗而不把这两点考虑进去，讨论就很难全面。可惜的是，尽管大规模译诗在我国已有较长历史，而译诗的各种标准——包括无标准，即把诗当散文或小说译——之间差别很大，却未见有关的讨论或评论。

这样的工作当然迟早有人做，但晚做不如早做，我愿意以柔巴依为例作这方面尝试。因为柔巴依译文众多，情况典型；再则我在译柔巴依时几乎实践过上面各种译诗标准。

各译诗方式比较

这里，在比较各译诗标准前，我认为有一点不言而喻，即译诗的目的是尽可能准确地复制原作的内容与形式，全面传达原作所含信息。而柔巴依的格律形式，既决定这诗体的节奏特性，也反映了这种诗的民族性与时代性；再说，内容不同的柔巴依编在一起，正因为有共同的格律——事实上，菲氏《柔巴依集》之所以成功，除了其他原因，恰恰得益于反映原作格律的"形译"，即引进这种东方诗体，来承载有异域情调的内容。下面就从这一角度来看以上译文所体现的译诗标准。

1）"自由化"译法

按理说，译法既然自由，译文当可曲尽原作的全部含义，但上面的例子并未做到这点，而形式上的自由已使译诗丧失了原作诗体的特征。再说，四行诗既然可以译成五行，那么译成六、七行或二、三行有何不可？以现代汉语译诗，要译文行数与原作一致并押上几个韵并非难事，如果对原作形式连这点尊重都没有（何况，ruba'i 本是"四行诗"之意），又如何保证对原作内容的忠实？如今有人仍持"诗不可译"观点，这样的译诗正可提供最方便的证据。

"自由化"译法中较多见的是"半自由"译法，即行数与原作一致，押韵有宽有严，对诗行长短则不作限制。显然，这样的译诗也很方便，问题是较难看出柔巴依与其他四行诗的区别①，因为即使韵式与原作一致，也不足以判断诗的格律。

2）自由-补偿式译法

这种译法中最值得注意的，是以我国传统的五、七言形式译诗（较少用四言或词曲形式），这在译诗早期是必经之路，起初甚至是唯一译法，后来虽减少，仍时有所见。其译者受传统文化熏陶较深，有点"除却五言七言不是诗"的欣赏习惯，就拿传统格律承载外国诗内容。② 这种译诗容易上口，读来可能多些亲切感，但由于诗歌形式与民族文化关系密切，很难想象口吟绝句的是西装革履、戴夹鼻眼镜的洋人。再说，五、七言只是传统诗的两种形式，以这固定形式去译形式千变万化的外国诗难免方枘圆凿。这样译诗很辛苦，而且有些问题较难解决。一、文言诗形式短小，句型变化有限，较难适应原作那种与口语差别不大而内容和结构很复杂的语言，从而影响译文的忠实度；二、原来可听明白的诗，译成五、七言后恐很难听明白，需要看文字；三、五、七言的节奏变化不多，碰到译长诗，节奏容易显得单调——也许正是这原因，我国五、七言长诗很少，远不如英诗中多见。下面以另一种七言译文来比较：

---

① 对这问题有兴趣的读者可参看拙文《格律诗翻译中的"接轨"问题》（载《外国语》1996年第4期或湖北教育版《从柔巴依到坎特伯雷——英语诗汉译研究》）。

② 也有不用传统格律而译诗读来颇有词曲意味的"自度曲"译法，看来可归于文言的"自由化"译法。

> 日逐星飞出大荒，
>
> 廓清夜域靖天疆。
>
> 苏丹殿塔谁能刺？
>
> 醒！看！初阳一道光！
>
> 　　　　（柏丽译）

两首七言译诗中若无"苏丹"两字，谁能想到原作是同一首诗？另外，原作中重要的词，在两种译文里都出现的，只有"醒""星""塔"三字，可见这类译诗创作成分极大。前一译诗只用到原作中 Wake, scatter'd, Stars, the Sun strikes Sultan's Turret，就是说，译诗是凭"醒吧！星已残，日照苏丹塔"这点内容"化"出来的，自然很难传达原作的"具体"内容。

3）对应式译法

如果说，以上两类是"定性"翻译，那么这就是"定性 - 定量"翻译，即在定性基础上，还要求译诗行长度与原作行长度有对应关系。总的来说，这要求比上两类合理，因为诗行长度说到底是"量"的问题（这在诗歌用语中很清楚，如：foot, metre, measure 等），但具体做法可分三种：

a）限定字数的译法[①]，即根据原作行的音节数，按需要限定译文行的字数，例如柔巴依每行10音节，上面柏丽译文中每行为10字，而朱湘译文中每行为11字（可惜只译了15首）。

但这种译法忽视了一个问题，即原作的10音节构成5个音步。由于英语诗的节奏主要决定于音步，所以音步比音节重要。而汉译诗行的10字（音节）构成的却未必都是5顿（音步），同样，5顿诗行也未必都是10字。因此，只考虑行字数而不考虑顿数存在

---

① 这译法译出的最著名诗集，可数梁宗岱的《莎士比亚十四行诗集》，其中，原作的10音节诗行都译为12字。

缺陷。如柏丽译文中诗行顿数不一：

醒来！｜太阳｜驱散｜面前｜星宿，
星群｜从夜域中｜纷纷｜逃走。
　它撵跑｜裹挟｜星湍的｜黑夜，
一道光，｜把苏丹｜塔楼｜刺透。

再看朱湘每行11字的译文：[①]

带上｜玫瑰，｜唉，｜春天｜一去｜不回！
少年｜这书卷，｜虽是｜蕴含｜芳菲，
也要｜关起！｜夜莺｜歌咏在｜枝上，
哪知道，｜她何处来，｜去的｜有谁？

b)"以顿代步"译法：这种由孙大雨[②]、卞之琳提出的译法较合理，因为这是按原作行的音步数确定译诗行顿数。这样，译诗的格律形式与原作相应，可反映原作千变万化的格律，保存格律中蕴含的民族、时代、诗人风格、诗与诗之间的历史渊源等信息。而实践证明这完全可行，因为现代汉语诗中的节奏单位"顿"与英语诗中的音步（尤其是两音节音步）有着相近的"意义容量"[③]。

如果说"以顿代步"译法还有遗憾，那就是很难反映原作格律的宽严之别，而这宽严之别既有时代因素，也关乎诗人格律观和诗

[①] 朱湘未译菲《柔》第一首，而且他译的属于菲《柔》第一版，与第四版差距较大。这里选菲《柔》第一版第72首，因为该诗最接近第四版第96首。

[②] 孙大雨这种译诗里，诗行的顿（孙大雨称为"音组"）数虽与原作行音步数一致，但长诗常为非等行翻译，所以严格地说非真正的"以顿代步"。

[③] 可见拙文《诗，未必是"翻译中丧失掉的东西"——兼谈汉语在译诗中的潜力》（《外国语》1995年第2期或湖北教育版《从柔巴依到坎特伯雷——英语诗汉译研究》）。

的内容。例如菲氏柔巴依的诗行多为5音步10音节，按"以顿代步"译的话，5顿行的字数可以很悬殊，少的可在10字以下，多的可接近15字，这样字数上的参差可能让人错以为这是自由诗，因为读者未必熟悉"顿"和"以顿代步"的译诗要求。于是在实践中又发展出另一种译诗要求。

c) 兼顾顿数与字数译法。我在译诗中用过限定字数译法，也用过"以顿代步"译法，发现这两种译法再推进一下，就有可能使译诗做到既有顿数要求又有字数要求，同原作中既有音步数要求又有音节数要求一样。能做到这样，是因为现代汉语译诗中的字和英诗中的音节也有相近的"意义容量"，加之汉语词汇丰富，结构灵活，便于调整和适应。而译诗行的字数如果像原作行的音节数那样整齐或参差有序，那么译诗在排印上不仅美观，而且往往可明白显示其严整格律和诗人一丝不苟的追求。

所以，单凭菲氏《柔巴依集》译文，可充分显示准确反映原作内容与格律形式的可能。含混说一句"在译诗中如何反映原作形式这一问题上，至今尚无统一意见"之类的话，恐难心安理得置原作格律于不顾。因为格律毕竟是格律诗的特点，是诗歌特有的文体特征，甚至有诗学家认为：诗的形式就是内容。所以，既然是在译诗，就有必要把诗的形式也译出来。

当然，如果挑剔一点，会觉得这样译出的柔巴依仍有不足之处，即每个5顿行是12字，不是原作那样的10音节，用12字译10音节不完全相当（所以只能说"相应"）。当然，如下的翻译就能解决这个问题：

> 醒醒！太阳已把满天星斗
> 赶得纷纷飞离夜的田畴，
> 　叫夜随同星星逃出天空，
> 阳光之箭射中苏丹塔楼。

这样，每行都是 10 字 5 顿，完全符合原作格律。但我没这样做。因为若按此要求翻译，回旋余地很小，译诗往往显得局促，而且不易安排现代汉译中常见的三字顿和四字顿（10 字 5 顿行中若有三字顿或四字顿，就必须安排一个或两个一字顿）。不仅如此，这样译出的诗行大多纯以两字顿构成，读来难免单调平板（英诗不会产生这感觉，因为英文词不是一音节一词，词的音节数变化多端，诗歌文字犹如旋律，而以轻重安排的音节有如相伴的节奏，而且英诗中也避免从头到尾用一种音步）；而如果诗行是 5 顿 12 字，文字安排就有较大余地，译诗更舒展流畅，诗行中顿的排列组合远为多样，节奏更可变化多姿。再说，上面 12 字 5 顿与 10 字 5 顿的例子相比，只是多了"吧、的、了、黑、色、也、已、的"八字，其中大多是虚词，就像润滑剂使诗行读来顺畅，另一方面，那些词尾的虚词如"的、了"等等，在阅读时一带而过，有如英语词尾不计音节的 -d 或 -l。

从上面讨论可看出，译诗的总趋势似乎是从"定性翻译"到"定性 - 定量翻译"的过渡。因为随着对外国诗了解的深入，人们自会不满足于抛弃原作形式的翻译，希望译文能传达原作内容与形式所包含的一切信息（翻译前辈吴劳称之为"全息翻译"）。另一方面，随着实践增多，人们发现汉语有潜力在内容与形式两方面忠实于原作，因此，在译诗这一高难领域会有种种不同尝试并提出此类要求。同样，我们也可把译诗分为"感性翻译"与"理性翻译"。如果把诗歌中的格律视为理性因素，视为对诗歌感性成分的制约，那么这说法可说是顺理成章的。

本译作存在的理由

菲《柔》有这么多汉译本，我自然希望拙译有自己的特色和存在的意义。通常的做法是：举出个别译诗作分析比较，然后得出结论。

但我感到这样做容易片面并带倾向性，毕竟拿现在的译文同几十年前的译文相比，或者拿经过挑选的例子来论证，并不公正；所以这里不作寻章摘句式的分析比较，而用平时不常见到的"宏观式"评价。

宏观地看，这本拙译有三方面意义：

1）拙译《柔巴依集》的出版，可说是新时期文学翻译开放的一个反映，是译诗繁荣的标志。它结束了长期以来只有郭译《鲁拜集》一花独放的局面，打开了重译菲《柔》的闸门并清楚表明：即使已有名人名译，也是可以重译并应当重译的，因为译诗是在发展的，不同的时代有不同的要求，有不同的成果，而名著更应当有不同译本。

反观20世纪20年代郭译《鲁拜集》问世以来，对菲《柔》的翻译络绎不绝，几乎每隔10年就有两三种新译出现，只是80年代前的40来年间，大陆上无一新译出版。到郭译问世的60年后，上海译文社推出拙译《柔巴依集》，此后短短六七年，海峡两岸一下子出现五种新译，其中两种甚至直接译自波斯文，这从一个侧面反映了文学翻译在这阶段的空前盛况——特别是，该书在我国并非商业性很强的作品。

2）发现ruba'i即"柔巴依"，这音译准确反映了原文的三音节和r的发音（甚至更准确反映了波斯roba'i）。且这维吾尔诗体译名在与汉文化的长期交流中已确定下来，用了它，既体现英国柔巴依、波斯柔巴依等世界上一切柔巴依与我国维吾尔柔巴依一脉相承的关系，也揭示出古代中亚地区的文化交流。而过去因称"鲁拜"，又译成自由诗，即使有人熟知维吾尔柔巴依，也认不出二者关系，起了"离间"作用。

当然，郭沫若定名为《鲁拜集》后，这似乎已是Rubáiyát固定译名。这可以理解，因为郭乃一代名人，而《鲁拜集》既是菲氏《柔巴依集》首个完整中译本，还可能是白话译出的第一部完整抒情诗集，在冲破我国传统诗律，以自由诗译格律诗等方面，影响之大自不待言。① 所以当时为确定书名，我确实颇费踌躇，到底是沿用"鲁拜"，还是改用"柔巴依"。② 后来我想，既然已明白 ruba'i 即柔巴依，维吾尔诗人克里木·霍加对柔巴依的解释更让我确信这点，就应以"柔巴依"为名。因为翻译的目的是介绍原作，既发现这两者的渊源，就应反映这令人高兴的发现。我想，当年郭沫若如果知道维吾尔"柔巴依"，多半不会另译"鲁拜"。

坦率地说，尽管我当初几乎已断定 ruba'i 就是柔巴依，却没有确凿材料证明。说来也巧，拙译《柔巴依集》出版后，接连发生这样几件事：③

a) 作家王蒙在看到拙译后，曾来信告知，他 20 世纪 70 年代在新疆"干校"，接触到乌孜别克文柔巴依手抄本，因乌文与维吾尔文相近，所以他能阅读。其"格律之严格与比喻之奇特令我叫绝"。作为例子，他写给我三首：

> 我们是世界的心愿和果实，
> 我们是智慧之目的黑眸子，
> 若把偌大的宇宙视为指环，
> 我们定是镶在上面的宝石。
>
> 空闲的时间要多读快乐的书本，
> 不要让忧郁的青草在心里生根，
> 再干一杯吧，再饮一杯葡萄酒，
> 哪怕是死亡的征兆已渐渐临近。

---

① 我也常想，当时郭译若用"以顿代步"之类译法，对译诗和新诗发展会有何影响？
② 据翻译前辈和同事吴劳事后说，当初书名若用《鲁拜集》，印数当有 10 万。
③ 其实，第一件与第三件恰恰同定名为《柔巴依集》有关。

> 一手拿着酒杯,一手拿着可兰经,
> 有时我是异教徒,有时是穆斯林,
> 生活在同一个蓝宝石般的天宇下,
> 为什么要把人们分成不同的教群?

王蒙对第二首还曾"戏译为'五绝'":

> 无事须寻欢,有生莫断肠,
> 遣怀书共酒,何问寿与殇。

上面三首诗的韵式均为 aaxa,每行诗都在 12 字左右,而每首诗中的诗行长度(字数上或排印上)一样。由此可想象,乌孜别克柔巴依"格律之严格"——很奇怪,我国乌孜别克族人数很少,想来不会有多少译诗或译诗理论,但通过上面译文,可感到对原作格律的反映,但要是都译成自由诗什么的,那就无迹可寻了。

b)《诗刊》1984 年第 7 期刊出新疆前领导赛福鼎的 10 首柔巴依,由艾克拜尔从维吾尔文译出,各诗行都是 11 个字(多为 5 顿),其中第一首是:

> 要是说人的生命永无止境,
> 要是说四季长春没有寒冬;
> 花蕾固然会在花丛中怒放,
> 但是它最终也会枯萎凋零。

看了这 10 首柔巴依,可完全确认 ruba'i 就是柔巴依。我感到惊讶,从古波斯柔巴依到西欧乃至全世界 ruba'i,时间上下千年,地域相距万里,但经过辗转翻译,仍保持一些固有特色,让人一眼认出。这固然证明其强大生命力(这也说明,当今为什么仍有很多人以此形式写诗),同时也清楚说明,译诗中保持或反映原作形式的重要。

但是有一点我感到奇怪:为什么这 10 首柔巴依的诗行都是 11

字？这必有缘故，但这缘故是什么呢？

c)1988年，张晖在湖南人民出版社推出《柔巴依诗集》，这是从波斯文译出并重作编排的集子，前言内容丰富翔实，让我得益不少。其中特别提到，柔巴依这种诗体"每一诗行的音节及重音都有严格规定，都需符合 Lahul-u-lagovāt-ala-balāleh 这一音韵"。我数了一下，正是11音节[①]——顺便说一下，张晖先生熟知英译本和波斯原作情况，他也采用"柔巴依"译名，表明赞同 ruba'i 即柔巴依的观点，而且他也采用每行12字的做法，并在前言中作了说明。

尽管 ruba'i 译成柔巴依正确而合理，但人家用什么译名与我无关，[②] 毕竟对译诗的想法不一样。我甚至觉得，让 ruba'i 有不同译名也好，因为译诗标准本就不同。只是拙译柔巴依有时被冠以"鲁拜"之名，或者被放在他人的"鲁拜"中。我不懂，为什么要用"鲁拜"来统一"柔巴依"？是因为"鲁拜"比"柔巴依"准确，还是"鲁拜"来头大？如果真要这样统一，那么古往今来写柔巴依的外国诗人和我国少数民族诗人不少，可以把赛福鼎的柔巴依改称"鲁拜"吗？[③]

3）拙译《柔巴依集》是我国第一本按"兼顾顿数与字数"要求译出的英诗。[④] 这表明这种严格的译诗要求切实可行，证明在英

[①] 当然也可将拙译柔巴依改成每行11字，这往往动几个虚词就成，而意义上并无多大变化，如第一首可改成：醒醒吧！太阳已把满天星斗／赶得纷纷逃出了夜的田畴，／叫夜色随同星星逃出天空，／阳光之箭已射中苏丹塔楼。但考虑到菲氏柔巴依已纳入英诗体系，而拙译的5音步10音节英语诗行多为12字；另外，11字构成5顿时，每行多为四个两字顿和一个三字顿，较难容纳四字顿，且每行节奏变化几乎只有5种，远不如12字的变化之多。因此拙译柔巴依按每行5顿12字翻译。

[②] 其他译名有胡适和闻一多的"绝句"，钱锺书的"醽醁（雅）"，还有"狂酒歌""波斯哲理诗""波斯四行诗""怒湃""柔波"等。

[③] 如果要这样统一，那么不妨让莪默·伽亚谟统一欧玛尔·哈亚姆，让他的故乡统一为颇有诗意的纳霞堡——但这样一来，人们看了2003年2月的重大新闻"伊朗的内沙布尔发生火车站大爆炸"，将不知道这就是欧玛尔·哈亚姆的故乡。

[④] 拙译《柔巴依集》初版时，只能说基本上做到这点，因为有些作为破格对待的诗行含6顿或4顿，但修订后可说已完全做到。

诗汉译中，完全可能在忠实于原作内容的前提下，忠实地反映原作的诗行长短和韵式。而且因汉语一字一音，这样的译诗排列整齐有序，构成的图形就是格律的提示，读者即使不了解英诗格律，看到如此译诗，也会注意到这是格律诗，甚至可直观地看出格律上的异同。由于英语（其他语言恐也一样）的诗歌历史基本上是各种格律诗更迭交替的历史，既然汉语有潜力"译出"这方面的差别，那又何乐而不为呢？①

事实上，在白话诗创作中早就有"兼顾顿数与字数"的实践，而且相当成功，如闻一多的《死水》，请看该诗第一节：

> 这是一沟绝望的死水，
> 清风吹不起半点漪沦。
> 不如多扔些破铜烂铁，
> 爽性泼你的剩菜残羹。

这整齐的诗中，每行4顿9字，如果每行增加一个两字顿或三字顿并让第一行押韵，就是地道的柔巴依。但闻一多的写诗要求没有成为其译诗要求。读他的《莪默伽亚谟之绝句》，可以看到他对郭译的热情赞扬和严厉批评，却不见对"自由化"译诗的看法。而看他文中对（第四版）19、90、99、100四诗的译文，可以发现，尽管他写诗格律很严，但毕竟在20世纪初叶，对译诗还"网开一面"，并未要求在形式上也忠于原作。②

闻一多在文中对郭译第一首"鲁拜"的评价为："很得法地淘

---

① 对这问题有兴趣的读者可参阅拙文《英诗格律的演化与翻译问题》(《外国语》1994年第3期或湖北教育版《从柔巴依到坎特伯雷——英语诗汉译研究》)。该文为拙译《英国抒情诗选》前言，在该诗集中，译诗的各种格律都与原作的格律对应。
② 当时这看法是片面的，没有看到闻一多译诗后来的发展、可参看拙文《对闻一多译诗的再认识》。（载《中国翻译》2016年第3期）

汰了一些赘累的修辞，而出之以十分醒豁的文字，铿锵的音乐，毫不费力地把本来最难译的一首译得最圆满。"看来在早期译诗中，认为译诗省略原作内容较为正常，这也可说是必经之路，因为对能否忠实于原作内容，能否忠实于原作的内容与形式，都有个认识过程——也正因如此，闻一多未把《死水》的格律用于译诗。但译诗发展至今，要求恐已不同，至少，郭沫若把原作中的 Turret 译为"高瓴"很难被接受。

《柔巴依集》篇幅小而魅力大，连我这样原先与外国诗无缘的人，也在其影响下改变了人生之路。我希望它的中译本不断出现，因为这也可反映我国译诗事业的发展和发达。

最后，我要感谢中国对外翻译出版公司的周欣女士。她偶尔看到上海译文版的《柔巴依集》，就力主把该诗放进英汉对照的"一百丛书"，使我有机会对拙译又作了两次全面修订。这两次修订更使我确信一点：在"兼顾顿数与字数"的框架内，译诗仍可不断修订并越来越接近原作，但修订幅度通常也越来越小。

对这修订本还有一点说明，就是初版时，波斯原作者译名为"奥马尔·哈亚姆"，现在张晖等译者按波斯文译为"欧玛尔·哈亚姆"，根据"文从主人"原则，拙译中的"奥马尔"改为"欧玛尔"。当然，拙译中还会有其他问题，我希望英汉对照的出版形式有助于热心读者发现问题，并像我那位天津的年轻读者一样向我提出。

黄杲炘
1997 年 6 月
2014 年 10 月修改
2015 年 10 月修改

附录二

2013年"译者前言"
（为菲氏原作第二版拙译作）

菲茨杰拉德的《柔巴依集》是国人熟悉的诗集，早在白话译诗之初就有了郭沫若译本莪默·伽亚谟《鲁拜集》，而后来译本也很多。但读者未必注意到该书有五个文本，如第一版（1859）75首，第二版（1868）110首，到了第三、四、"五版"[①]（1872，1879，1889）才固定为101首，而同一首诗在各版中也常有差异。以第一首而言，1859年的初版文字为：

> Awake! for Morning in the Bowl of Night
> Has flung the Stone that puts the Stars to Flight:
>   And Lo! the Hunter of the East has caught
> The Sultán's Turret in a Noose of Light.

但是1868年的第二版，这首作品几乎完全变样：

> Wake! For the Sun behind yon Eastern height
> Has chased the Session of the Stars from Night,
>   And, to the field of Heav'n ascending, strikes
> The Sultán's Turret with a Shaft of Light.

[①] 后三种文本差异很小。菲氏去世后发现他在第四版上作过改动，他的友人 William Aldis Wright 将之收进《爱德华·菲茨杰拉德的书信与遗墨》（1889），是为"第五版"。

到了1879年的第四版，这首诗的文字如下，[①] 而"第五版"中该诗的不同仅在于 Sun 后加了逗号。其他诗中的不同也都很细微。

> Wake! For the Sun who scatter'd into flight
> The Stars before him from the Field of Night,
>   Drives Night along with them from Heav'n, and strikes
> The Sultán's Turret with a shaft of Light.

菲氏《柔巴依集》（以下称菲《柔》）篇幅很小，不少原版书做成"五合一"，头两个文本各为一个单元，第三、四、五文本为另一单元，后三者之间的差别以注释解决。这情形独特有趣，笔者当初曾以此为练习对象，译出三个主要文本。其中，对第四版原作[②]的拙译最早出版（1982，1991重印[③]），1998年出了英汉对照本，后来2007年出的插图本（当年重印）中含有对菲《柔》第一、四版的拙译（其中第一版菲《柔》英汉对照）。如今，在拙译初版的30年后，对第二版菲《柔》的拙译也得以单独出版（此前以附录形式介绍其中特有的柔巴依）。这是对这本值得翻译和研究的原作更深入的介绍，也表明读书界对该书的兴趣持续提高。[④]

菲《柔》第二版的汉译本出现虽晚，原作却与我国结缘最早。

---

① 在第三版初稿中，该诗头两行为：
    Wake! For the Sun before him into Night
    A Signal flung that put the Stars to flight
② 当时对第四与"第五版"区别并不清楚。而原作的细微改动对译文并无影响。
③ 拙译每印一次都有所修改。
④ 据爱好者不完全统计，我国或多或少译过菲《柔》的人数至少在40以上，译过其他柔巴依的人数至少有一二十。单是从2007年拙译的插图本算起，笔者见到的菲《柔》新译至少有六七种。而国外各种文字的译本、版本之多既难统计，也是观察各国译诗的窗口。近年来，欧玛尔·哈亚姆和菲氏的故事又拍成电影 THE KEEPER, The Legend of Omar Khayyam，2006年此片得了金狮奖两个奖项。

胡适《尝试集》中那首白话译诗《希望》的原作，就是其中第108首。这不仅是我国最早译成白话诗的作品之一，也很早用作译诗比较，因为徐志摩就以他对此诗的译文与胡适译文作比较[1]。

一

菲氏《柔巴依集》的成功颇具传奇色彩，但常被忽视的格律原因很重要。不妨想象一下，在19世纪中叶的英国，若不是带异域特色的格律诗，能得到罗塞蒂、斯温伯恩、罗斯金等人激赏，能有哈佛名教授诺顿撰文赞扬，能得到当时读者认可吗？惠特曼《草叶集》几乎与此诗同期出版，是否受到如此欢迎呢？当然，菲氏也绝不会把"柔巴依"译成自由诗，上面例子中他把诗改来改去，甚至把来自原作的那点成分改得点滴不剩[2]，但格律形式是无论如何不改，所以他这作品文本虽异，每首诗却都是统一格式的"柔巴依"，从第一版第一首到最后一版最后一首，没有例外。

为什么没有例外？因为书名既为Rubáiyát（ruba'i复数），就要名实相副，他的ruba'i是这东方诗体在英语中的移植，能反映原作的基本格律特点：每首四行[3]，诗行长短与原作相仿，每行5音步10音节（用"阴韵"时为11音节），韵式为aaxa（或aaaa），这韵式英诗中少见，因此引人注意，意义重大。用美裔作家小泉八云（Lafcadio Hearn, 1850—1904）的话说："这种东方韵律的模拟给英国文学带来了一种全新的诗的形式。"[4]

传统的抑扬格5音步四行诗，配上东方的aaxa韵式，就是全

---

[1] 徐志摩短文《莪默的一首诗》中谈到此事经过，此文原载1924年11月7日《晨报周刊》，收入《徐志摩译诗集》（湖南人民版，1989）。
[2] 可见下一节中的例子。
[3] 这点看似简单，但在汉译中达成"等行翻译"共识还是有过程的。
[4] 引自鹤西译小泉八云《费兹杰拉德和奥玛的四行诗》。

新的英诗形式"柔巴依"——原作排印中第三行略略缩进,就是为彰显这韵式"与众不同",让人一目了然。在一个半世纪前的英国,若有人看到这本 *Rubáiyát of Omar Khayyám*①,只要对这透出异族气息的书名略感好奇而翻开一看,那么这形式上的新鲜感立刻扑面而来。

　　这些诗用 Sultán 等词点染出中亚伊斯兰色彩,这异域风情的内容配上东方特色的形式,不正是珠联璧合,相得益彰?反过来,如果菲氏的诗不是"柔巴依",只是传统韵式的四行诗或者自由诗,会有如此效果吗?

二

　　菲氏该书的成功当然同内容也有关,但这里也有被忽视的因素,就是他是在原作中随意取舍材料创作,或他说的"摘要的意译(a paraphrase of a syllabus)"。这既无译诗的困难,又不受原作拘束。他的材料主要出自两种波斯文抄件,分别含"柔巴依"158 首与 516 首,他摘取其中内容,拆散或拼接,翻译或改写,创作又编辑,让原作中并无关联的"柔巴依"在他这里开始于破晓,结束于月出,而诗中人整个白天就边饮酒边发种种议论。正是这编辑工作,让菲氏《柔巴依集》增添了时间和意义上的关联和逻辑上的连续性,成为较有系统的整体,这是原作没有的特点。

　　那么如何取舍原作材料呢?以菲《柔》第一首为例,据 Arberry 教授追本溯源研究,菲氏掌握的抄件中,与该首内容最接近的波斯原作为"加尔各答抄本"第 137 首,英译为:②

---

① 这其实是很单薄的小册子,初版本(75 首)共 36 页,正文仅 21 页。
② 见 A. J. Arberry 的 *The Romance of The Rubáiyát* (1959) 第 192 页与 137 页。

> The sun has thrown the lasso of dawn over the roof;
> the emperor of day has thrown the bead in the cup.
> Drink wine, for the herald of dawn arising
> has flung the cry 'Drink' into the days. ①

可以看出，菲氏此诗仅同波斯原作的头两行略有关联，原作后两行（包括因抄写笔误而难理解的第四行）就舍弃了。而即使头两行，菲译与波斯原作的差别仍很明显。后来第三版初稿中虽略有"回潮"（见前面注释），但结果离原作越来越远，最后与原作的联系只剩 The Sun 和 Sultán。而第一版中的第 5、第 10 首（相当于第二版中的第 5、第 11 首）等，甚至连这样的联系都找不到。当然，菲译中与原作较接近的也有，例如最著名的一首（即第一版第 11 首，其他几版的第 12 首），抄本中原作的英文直译为：

> I desire a flask of ruby wine and a book of verse,
> a morsel to keep soul and body together, half a loaf is needed,
> and then you and I seated in a desolation—
> that would be more delightful than a Sultan's dominion.

可见菲译即使与原作较接近，仍有明显距离。因此，菲《柔》非真正意义上的翻译，实为素材大多取自波斯原作的创作。

---

① A. J. Arberry 认为，"抄本"中的该行抄写有误，因此意义不明，而原来的意义应当如这里所示。他的这一判断无疑是对的，因为从张鸿年直接从波斯原作译出的《波斯哲理诗》看，其中第 66 首为：太阳向屋顶抛出套杆，/白日如同霍斯陆把骰子投入水碗。/且饮美酒，黎明时分的呼唤，/"请饮一杯！"劝酒声响彻中天。

三

英诗中较多外国诗体，这是注重移植格律形式的结果，但与汉语译诗相比，英语中这样做有两点明显不利：一是韵部相对较窄，二是词汇音节数多少不一而重音位置多变。于是在英语译诗中，为注重移植形式，常在内容的忠实上让步。请看英诗之父乔叟《坎特伯雷故事》的头四行：

> Whan that Aprille with his shoures sote
> The droghte of Marche hath perced to the rote,
> And bathed every veyne in swich licour,
> Of which vertu engendred is the flour;

这诗为中古英语，虽有别于现代英语，但差别并不太大，查出单词后，理解起来比我国古文还容易些。下面是几种反映或大致反映原作五音步双韵体的现代英语译本：

1) J. U. Nicholson (1934) 的：

> When April with his showers sweet with fruit
> The drought of March has pierced unto the root
> And bathed each vein with liquor that has power
> To generate therein and sire the flower;

2) Nevill Coghill (1954) 的：

> When the sweet showers of April fall and shoot
> Down through the drought of March to pierce the root,
> Bathing every vein in liquid power
> From which there springs the engendering of the flower;

3) Theodore Morrison (1977) 的:

> As soon as April pierces to the root
> The drought of March, and bathes each bud and shoot
> Through every vein of sap with gentle showers
> From whose engendering liquor spring the flowers;

4) Burton Raffel (2008) 的:

> When April arrives, and with his sweetened showers
> Drenches dried-up roots, gives them power
> To stir dead plants and sprout the living flowers
> That spring has always spread across these fields,

按理说,用一脉相承的现代英语译中古英语应比较方便。但一对照就可看出:头两种译文为反映格律,第一行分别"补充"了 with fruit 和 fall and shoot。另两种译文也一样:要讲究格律,就难免在内容上让步。要内容忠实,就放宽格律要求,让诗行音节数、音步数或押韵上有所松动。显然,要把其他语言的诗译成英语并反映格律,内容的牺牲势必更大。

那么为什么译者愿意作这样的牺牲来反映原作格律呢?

因为各种文体中,格律为诗独有,这是诗的文体特征和最重要外部形态,又有无限丰富性。而诗歌中最大最明显的分野就是有无格律,其中既蕴含文字所无信息,其审美意义也不容忽视。所以英语的诗歌翻译中即使要作出牺牲,也不大回避格律。另一方面,英语译诗历史悠久,译者从大量实践中认识到译诗的这种两难,而读者也能体谅这种不得已,习惯于非此即彼的牺牲,所以也容许译者有较多自由。

可对照的是,汉语译诗因语法束缚少而灵活多变,且韵部宽而丰富的词汇大多可构成诗句中的一顿，所以在内容与格律形式两方面做到忠实似不太困难，例如上面的原作可译成下面这样：

> 当四月带来阵阵甘美的骤雨，
> 让三月里的干旱湿进根子去，
> 让浆汁滋润每棵草木的叶脉，
> 凭其催生的力量使百花盛开；

同样例子很多，凭本书就可证明：汉语很有潜力，有条件对译诗的"信"提出较高要求：既准确反映原作内容，也准确反映格律。不用这种潜力很可惜——人家无此潜力，但为了反映原作格律，还不惜牺牲内容忠实呢。

四

1982年初版的拙译《柔巴依集》就是这样做的，因为从实践中发现有此潜力，就尝试用原作的格律形式来承载其内容，即韵式为aaxa或aaaa，以5顿12字译原作的5音步10音节诗行，"兼顾"了韵式、诗行顿数与字数这三项格律要素。在反映原作格律上，这是迄今最严格要求并首次出现于《柔巴依集》，体现了英诗汉译自《鲁拜集》以来60年的发展。

译诗反映原作格律可谓天经地义，问题在于是否可行和效果。如今6万行拙译已证明可行，而效果也同样明显，至少在20世纪80年代初，上海译文社①经多人审读，最后翻译出版界前辈孙家晋和方平决定采用拙《柔》。这是对拙译的认可，也为大陆上重译《鲁拜集》打开局面。此后各种新译层出不穷，拙译却未被淘汰，而且不算重印的话，这已是第四种版本。

后来，在译菲氏《柔巴依集》等英语诗的基础上，我总结出"兼

---

① 当时大陆上仅两家出版社出外国文学，另一家是人民文学出版社。

顾诗行顿数、字数和韵式"的译诗要求,并用之于英诗源头之作《坎特伯雷故事》①。另一方面,通过对各种译法的观察和梳理,我发现,后出现的译法在反映原作上总比之前译法准确一些,而译法的先后出现体现了译诗的不同阶段,把这些阶段串起来,就是译诗发展的过程。凭这样的规律和轨迹,我写出《英诗汉译学》②。所以对我而言,也真是说不尽③的"柔巴依"。这里就补充一些读者可能感兴趣的情况。

菲氏曾翻译出版多部西班牙剧本,1856年夏,教他波斯语的Cowell先生去印度任教,临别馈赠他一份抄件,内含欧玛尔·哈亚姆的158首柔巴依。这年11月,他同忘年交之女Lucy Barton结婚,因为朋友病重时他答应照顾其女儿,而这承诺不知怎的被认为是娶其为妻。但结婚不到一年即分手。也就是在此前后,他开始翻译"柔巴依"。后来,Cowell在印度发现"加尔各答抄本",内含516首"柔巴依",也就寄给了菲氏。菲氏在这两个抄件中摘取材料,译出一批"柔巴依",1858年向很有影响的《弗雷泽》杂志投去35首,但整整一年未发表。于是他取回原稿,加上内容较激的40首,自费印制250本,200本送给书商夸里奇(书上印有其姓名,但没有菲氏自己姓名)④。

---

① 该书以最高得票获第四届全国优秀外国文学图书一等奖。
② 该书2009年获中国大学出版社图书奖首届优秀学术图书一等奖。
③ 有兴趣的读者可参看拙作《从柔巴依到坎特伯雷——英语诗汉译研究》(湖北教育版,1999,2007)和《译诗的演进》(上海译文版,2012)中有关拙文。
④ 菲氏淡泊名利,"努力避免出名就像人家努力要出名",生前从未在书上署名,即使好友历史学家卡莱尔,也很晚才弄清菲《柔》出自他手。该书最早因前拉斐尔派推介而闻名,于是艺术评论家罗斯金1863年给不知名的该书作者写信后,托该派画家伯恩-琼斯的太太转交,结果该信最后由美国的诺顿教授和卡莱尔转到菲氏手中时,离当初写信已整整十年。另一方面,菲氏自己也说他的"翻译"不是通常意义上的翻译。其首版书的扉页上印有Translated into English Verse字样,但第二版上改成较含糊的Rendered into English Verse,而现在有的版本上写成Done into English。

菲氏自留 50 本准备送人，只送出三本。书商那里的因无人问津，最后惨跌到一便士。但"翻身"之日终于来临。1861 年初罗塞蒂得知此书后，与斯温伯恩一起去买了几本，此后该书渐渐传开。据斯温伯恩多年后回忆，他与罗塞蒂第二天再去买，书价已"非分而不公地涨到两便士……而我们也够奢侈的，居然按那令人反感的价格又买几本"。75 年后，一本这样的书加上原来书皮和斯温伯恩一张便条，夸里奇要价 9000 美元。①

但直到罗塞蒂等人发现七年后的 1868 年，菲《柔》才出第二版②，也就是本书所根据的原作。真所谓墙里开花墙外香，该书的大流行倒是在刚结束内战的美国。因为哈佛大学名教授诺顿（Charles Eliot Norton, 1827—1908）于次年 10 月在《北美评论》发表文章，对该书给予极高评价，原作中的 110 首"柔巴依"被引用了 70 多首。此后，1870 年在美国俄亥俄州哥伦布市一家印刷所，印了菲《柔》第二版，但这是非公开的限量出版。美国首次公开出版菲《柔》是在 1878 年，出的是菲氏第三版。

五

此后出版商竞相印行菲氏《柔巴依集》，到 19 世纪末，仅美国就有 30 多种版本，有的印了 20 多次，还有豪华本、限量本等，有的本子中收有法译、德译、意大利译和荷兰译。此时，对波斯"柔巴依"的翻译也形成热点，新的英译出了近二十种，有的含 845 首"柔巴依"（用的是"原作形式"），有的用菲氏的格律形式。如今琳琅满目的版本已难统计，笔者 2011 年 2 月下旬在纽约公共图书

---

① 1982 年出版的拙译《柔巴依集》中，曾写到该书在出版半个世纪后已值二十多英镑，而到了 1929 年，一本这样的诗集在纽约曾拍到 8000 美元。

② 在印度马德拉斯，1862 年就有菲氏《柔巴依集》第一个盗版本。菲氏得知后，认为自己的东西有盗版，倒也不枉此生了。

馆检索，该馆有 298 本①菲氏的 *Rubáiyát of Omar Khayyám*，可惜当时很局促，未注意有多少复本，只注意到有 10 种插图本，且与自己当时已知的多种插图本无一重复②。

菲《柔》声名大噪之时，正是印制术大有改进而礼品书开始流行的 19 世纪后期，而严肃作品中，它正是最理想的插图对象，有极大想象空间可施展画技。最早为菲《柔》作插图③的是美国画家 Elihu Vedder（1836—1923），十多年后各种插图本开始涌现，其中精品不少，而最具传奇色彩的出自英国装帧名家 Francis Sangorski。他装帧过多本菲《柔》，最奢华的一本为大书商 Henry Sotheran 而作，花两年时间设计与制作，用了五千片裁剪的皮革，100 平方英尺 24k 金箔，1050 颗各色宝石，书中用的是 Vedder 插图。该书在 1912 年由伦敦苏富比拍卖，纽约富商 Gabriel Weis 购得后托运，却随泰坦尼克号沉入洋底。而更吊诡的是，据董桥先生转述，沉船后不到 10 周，这位名匠在游泳时溺毙，他再做一本的愿望当然无从实现。

本书插图出自著名礼品书画家 Edmund Dulac（1882—1953），他的插图本初版于 1909 年，正值菲《柔》初版 50 周年和菲氏诞生 100 周年。其实 2007 年出的拙译就用其插图，以为手边 Doubleday 版（1952）中 12 幅是全的，后来得知有 20 幅，颇感遗憾。这次菲《柔》第二版的拙译中自当弥补，而书到后更让我惊喜的是，这插图正是为第二版菲《柔》所作——请看为第 20、第 44 首所作插图，这两首诗是菲氏其他各版中没有的。

---

① 以前曾引用张晖《柔巴依诗集》"译者前言"中的资料，说《柔巴依集》"单是纽约图书馆，便藏有五百多种"，看来这数字可能包括菲《柔》以外的各种译本。听说北京图书馆有四十多种语言的"合集"，其中想必也有菲氏《柔巴依集》。

② 可参看拙作《译诗的演进》（上海译文版，2012）中的《寻图记》。

③ 该书由波士顿 Houghton Mifflin 公司 1884 年初次推出，当时售价 25 美元，限量 100 本的豪华版售价 100 美元，六天内卖完。Elihu Vedder 认为其中插图是其最佳作品。他往往两三首"柔巴依"配一插图，改动了菲《柔》（第三版）中的编排次序。

六

菲氏《柔巴依集》第二版的拙译从未单独发表，其中独有的以及与其他各版有较大不同的柔巴依，以前只用于附录或补遗。这次全文发表，可谓填补了该诗汉译的空白。出得虽比其他各版拙译都晚，却多了修改机会。当然，修改都在原译的格律框架内进行，因为无论不足之处在于理解还是表达，都不是这形式造成的，可在这框架内改进。

但自从胡适、郭沫若等用白话译诗以来，不反映原作格律渐成惯例，这在先前是不得已而为之，也是必经之路，如今却几成"传统"，译诗不反映原作格律不需说明，而试图反映原作格律，如朱湘那样讲究字数，卞之琳那样讲究顿数，都曾遭到嘲笑或反对，对这类追求的合理性和创新意义却视而不见。现在"兼顾"译法既讲究顿数又讲究字数，自然更易受到质疑，甚至被认为忽视了诗歌的意境、神韵、审美等等，殊不知这样译诗正是为了较好反映格律原作中的这类抽象东西。

译诗发展是必然的，从早先对忠实不很重视发展到比较重视，从不顾原作格律发展到比较注意。因为随着对英诗了解的深入，认识到反映原作格律的必要，也在实践中逐步发现移植诗体的可能。于是译诗从不考虑原作形式，发展到"等行翻译"、讲究字数、讲究顿数、"兼顾顿数与字数"。这一步步推进符合事物发展规律，也是客观事实。

原作有格律，这是格律诗最大特点，也是与其他文体的最大区别，译诗要反映有什么错？但译出好诗有多方面因素，"兼顾"译法像其他译法一样，不能保证译出好诗，但提高了译诗起点，为译诗增加更具特色和挑战性的方法，有何不可？胡适、郭沫若当初把格律诗当自由诗译，为的是较准确反映原作内容，但过了近百年还要这样译下去，那么英诗汉译作为一门技艺或事业，难道就不需要发展了？

说反映原作格律就忽视了诗的意境、神韵、审美，真不知从何说起。这些方面说来虽抽象，但并非凭空存在，是由原作的内容与形式决定的，译诗内容改变、形式走样，对之都有影响。而要求译诗忠实反映原作的内容和形式，就是为更好体现原作的意境和神韵，至于审美，翻译的最重要审美就是准确。要说格律诗原作的神韵和美感存在于自由诗译文中，这话倒真是"骗骗外行的"。当然，喜欢什么样的译诗与美，是各人自由，但翻译的本质决定了译诗应当在内容与形式上尽可能贴近原作，而不是改造原作，所以要分清的是，所谓意境、神韵、审美，究竟是原作确实有的，还是译者自己心目中期待的。

限于条件，这次修改拙译只能到此为止，希望在原有基础上略有长进，也希望有译者继续尝试，不断提高译诗要求，尽量拓宽译诗"边界"。

黄杲炘
2012 年 7 月
2015 年 10 月修改

后记

说不尽的"柔巴依"[①]

  我在"文革"中遇到菲茨杰拉德《柔巴依集》有很大偶然性。翻译那几百行英语诗,一个原因是当时没什么业余活动,所以这既是消遣,也成了学习的动力。那时我根本就不知道该诗来历,想不到这偶然之举却完全改变了我下半生的生活之路。如果戏仿书中最著名的那首作品,可凑成下面这首柔巴依:

> 无花无果的院子里,一间陋屋;
> 昏黄灯光下,几本借来的旧书;
> 从中,我听到远方诱人的歌声——
> 啊,柔巴依,你引我走出一条路。

一

  的确,"柔巴依"让我的下半生过得很充实,不久我将告别译诗,不免想到:拙译"柔巴依"只有一个特点,就是准确反映了原作的内容和格律形式,让译诗韵式和诗行音步数、音节数与原作的有对应关系。其实当时的目标并不如此明确,只是觉得原作中所有柔巴依既然有统一格式,译文中就应准确体现。这样的话,译诗行字数必然整齐,而由于汉语一音一字特点,译诗不但整齐美观,还可明显提示原作整齐的格律。这方向确定后就勉力去做,结果做成了。

  正像 Robert Frost 在 *The Road Not Taken* 一诗中说的,出发点上的这个小小差异,造成了后来所有的差别。这路走通后我才发

[①] 本文原用于2013年版的拙译,现略作增订。

现，以前并无这样的译诗。这让我意识到，拙译已"打捞出"埋没的 ruba'i 形式，使之在汉语中有了相应格式。既然这英诗汉译之路已走通，就继续走下去，于是后半辈子都在这路上奔忙。而由于这路不是捷径，如今还几乎只有我独自在走，仿佛成了我的专用通道。

《柔巴依集》让我走出这路，而在这路上走得最多的拙译也是它。1982 年初版 2.1 万册（出书后，翻译前辈和同事吴劳说，如果书名用《鲁拜集》，印数可能达 10 万。可惜当初没想到，否则用"新译鲁拜集"之类书名，或许覆盖面和影响大得多。），1991 年又印 3000 册；1998 年的英汉对照本仍是对菲《柔》第四版①的拙译（约 5000 册）；2007 年的拙译菲《柔》第一版英汉对照本（附菲《柔》第四版拙译和四位画家插图），初印 3000 册，当年加印 5000 册；而 2013 年的菲《柔》第二版拙译也英汉对照并附插图。至此，菲《柔》三个重要文本的拙译都有英汉对照。目前这本则将各版菲《柔》集于一册，并同以前印过的六次一样，都有或多或少修改，可以说本诗是拙译中修改最多的。从这一次次出版可看出：译诗的出版层次在提高，从原来的单纯汉译到英汉对照，再到如今的"合集"对照和多种彩色插图。但出版层次虽越来越高，译诗读者却在减少，译诗出版也较前困难，幸而《柔巴依集》的出版似未受影响，拙译的反复出版说明：我的译诗之路虽非捷径，却还畅通。

二

我逐步得知菲《柔》的传奇"身世"，写了些介绍，如《<柔巴依集>——富有传奇色彩的诗篇》等。后来因对菲《柔》的经历实在好奇，就看 A. J. Arberry 的《柔巴依集传奇》(*The Romance of the Rubaiyat*)，原来这是对菲《柔》第一版追本溯源的研究，这

---

① 当时没注意第四版和"第五版"的区分，现在从原作第一首看，应该是"第五版"，因为 For the Sun 之后有逗号。

虽让我写出《菲氏柔巴依是意译还是"形译"》，却未提供传奇故事。倒是 2007 年《菲茨杰拉德＜柔巴依集＞的插图艺术》（*THE ART OF OMAR KHAYYAM: Illustrating Fitzgerald's Rubaiyat*，作者 William H. Martin 和 Sandra Mason），既有大量插图和有关说明，其他资料也很丰富，让我大开眼界之余，觉得有必要再作点介绍，因为国内有不少关心菲《柔》翻译和收集有关资料的读者。

据该书介绍，归在欧玛尔·哈亚姆名下的"柔巴依"中，真正出自他手的不多。至于哪些真是其作品，则长期没有答案，因无法证明哪首"柔巴依"确为其所作。事实上，菲氏依据的一个抄本虽说成书最早，却也在哈亚姆去世三百多年后。俄国学者 V. A. Zhukovsky1897 年指出，有 82 首归在其名下的"柔巴依"出自他人之手，此后类似质疑更多，而伊朗权威学者 Dashiti 认为，只有 36 首"柔巴依"看来可能为哈亚姆所作。

在菲氏《柔巴依集》带动下，各种版本和译本的《柔巴依集》不断涌现，如今已难确切统计，但至少涉及 800 家出版商和 70 多种语言，有 2000 种之多。其中仍以菲氏的印得最多，据称到 19 世纪末，在英国和美国约有 60 种版本（不含重印），从菲氏去世的 1883 年起，几乎每年有新版菲《柔》出现。即使是该书插图本，整个 20 世纪中似只有 12 年未见新作，而 21 世纪头五年，至少又有三种新插图本问世！

如今全球《柔巴依集》中，菲《柔》约占三分之二。而 1919 年前，甚至占各种《柔巴依集》出版的四分之三左右，只是 1945 年后这比例降为二分之一，因 19 世纪末以来，其他英译本和非英语译本的初版都有增长。进入 20 世纪后，《柔巴依集》新版本的出现更是频繁，尤其在菲《柔》初版 50 周年和菲氏诞生 100 周年的 1909 年前后。单是 1909 年，重印和新版约 40 种，其中 16 种以上插图本里，新出的有五种。如今世界上 400 家以上出版社出过英语的菲氏《柔巴依集》，约有 650 种不同版本。

该书的重印量也很惊人。如 Macmillan 公司的菲《柔》，从 1899 年到 1977 年印了 50 种以上版本，既无插图，版式也基本一致；英国的 George G. Harrap 公司 1909 出版 Pogany 插图本，到 1979 年，以不同版式至少重印 28 次；美国的 Thomas Y. Crowell 公司 1896 年以来印了 80 版；而一种日语译本从 1949 年到 2000 年印了 57 版。

菲《柔》版本之多令人眼花缭乱，也有插图本多的原因，因为众多版本中插图本约占一半。当然，考虑到内容、体裁和篇幅，很少有哪本严肃作品如此适合做插图。所以即使说该书是世界上插图最丰富的文学作品也不奇怪，而大量插图本使该书更加普及。事实上，自从美国画家 Elihu Vedder 首先为之作图后，迄今已有 130 多位知名画家为之插图，各种插图本有 300 来种——如果考虑到菲《柔》以外的译本和版本，那么还得加上 350 家出版商和近 100 位画家！①

以英国为例，而且基本上就在伦敦，仅 1907 到 1911 五年间，推出的新插图本就达 20 种，其中 1909 年就有五种，插图作者包括杜拉克、詹姆斯（Gilbert James, 1895—1926）和波嘎尼（Willy Pogany, 1882—1955）等，而单是这三位的插图就给人琳琅满目之感。

还有个有趣现象，就是有些画家乐于为菲《柔》作插图，作了又作。如詹姆斯为不同出版商作过三次（另两次在 1898 和 1909 年），共 34 幅，波嘎尼也作过三辑插图（另两次在 1930 和 1942 年），共 57 幅，且风格各有不同。有些出版商则乐于出不同画家的插图本，如 George G. Harrap 公司为波嘎尼出过两种，还出 Stephen Gooden（1892—1955）等人的。

总之，菲氏《柔巴依集》的流行引发了很多人的创作力，例如还有不少戏仿作品，据 Potter1928 年记录的就有 200 种以上，如 *The Rubaiyat of a Persian Kitten* 和 *The Golfer's Rubaiyat* 等等。

最后要向 2007 年拙译《柔巴依集》的读者交代，当时我在该书后记"寻图记"中有个疑问："鲍尔弗究竟为《柔巴依集》画

---

① 由于统计的实际困难，各种统计数字很难统一，当然也难核实。

了几张图？"其实，这问题对那本书中另一位画家西克（Arthur Szyk, 1894—1951）的插图也同样存在。现在我知道了：鲍尔弗的插图为38幅——还好，2007年出的拙译中只缺了五幅彩图，[①] 而西克一共八幅。

黄杲炘
2012.10

[①] 发表在2016年第一期《东方翻译》的拙文《洛威尔一节诗的中国故事》用上了其中两幅。

附记

2007年拙译的插图版《柔巴依集》出版，本以为我在该书上的事已经做完，结果却发现其中杜拉克的插图缺了8幅，颇感遗憾，于是买来含杜拉克的对菲《柔》全套插图的原作，随后配上菲氏《柔巴依集》第二版的拙译出版。在此过程中却看到有关菲《柔》插图本专著 THE ART OF OMAR KHAYYAM: Illustrating Fitzgerald's Rubaiyat，真感到说不尽的柔巴依逸事，看不够的柔巴依插图。事实上，还有读不完的有关资料，例如我接触到的下列几种：

先是得知一本 The Rubaiyat of Omar Khayyam Explained，以为是菲氏《柔巴依集》注释本，却是定居西方的瑜伽大师 Paramhansa Yogananda 对该书的阐述，据其美国弟子 Swami Kriyanada 1950年说，他奉师命编纂44年完成。这位弟子还说，大师虽不懂波斯文，却有惊人的深邃洞察力，所以其阐述犹如欧玛尔·哈亚姆通过他在说话。但这样厚厚一本神智学方面的书，内容很玄，我想，即使我勉力看完该书，恐怕对提高拙译质量影响不大，所以就望而却步了。

另一本书同样出版于2007年，是 Garry Garrard 的 A BOOK OF VERSE: The Biography of The Rubaiyat of Omar Khayyam。这位作者本是菲氏《柔巴依集》的业余爱好者，在工作之余收集各种版本，25年里收集了200多种并渐渐着迷，终于成为这方面专家。在他的书中，有关逸事当然更是说不尽。但我限于眼力已无力细读，只能粗粗翻阅一下，将我记得的几点补充在前言中。

还有两本，一本是 Special Facsimile Edition of Rubaiyat of Omar Khayyam[①]，这倒正好需要。因为过去虽约略知道菲氏《柔

---

① 据作者说，他这书以 L. C. Page 版的菲《柔》为基础。很巧，我下面提到的自己以前根据的原作也出自那里。我想这或者说明，这个版本的菲《柔》质量还是较好的。

巴依集》前后有五个文本,但对后面的三个的情况并无确切了解,又因手边 Nathan Haskell Dole 编定的各版合集(波士顿 L. C. Page 第三版第五次印刷)看来很地道,对第三、四、"五"版之间的差别有较详细的注释说明,觉得比较靠得住,就一直以它为准。但后来使用中发现,其中也有错误,例如第二版第 46 首第一行 So when at last the Angel of the darker drink 中显然多了个 darker,因为这样一来该行就成了 6 音步 12 音节,而且第二行一开始就是 Of Darkness,意思上重复。其他还有些细节与同类合集并不一致,很难判断孰是孰非。后经顾家华先生提醒,得知第四版、"第五版"最明显的区别在第一首第一行,就是 Wake! For the Sun, who scatter'd into flight 这行文字中,如果是第四版,那么 Sun 后应无逗号。然而我原先以之为准的那本原作中并无这条注释,看来已难完全信赖。所以正好用得着这本"摹真版",于是依据该书校对本书中的原作。该书中的引号用法与"摹真"的第一版并不统一,而且第三、四、"五"版第 84 首的第二、三、四行行首都缺前引号(这一点,甚至"异文校勘本"也如此,让人感到要在菲《柔》原作中避免差错实在太难了)。

还有一本是 Harold Bloom 主编的《柔巴依集文学评论》,这是各家论文的汇编,内容十分丰富,但我已无力细读,大致翻一下就算了。如今的译者各方面条件都比我好,今后肯定有人对这类书(还有上面提到的 A Book of Verse 等)感兴趣,作详细介绍或全部译出的。因为从目前情况看,对柔巴依的翻译和出版似乎越来越有热情了。至少在 2007 年后,柔巴依的汉译出版有加速之势,就我见到的已不下 10 本,其中大陆的六种(其中四种新译),台湾的四种(其中三种新译),就是说,8 年时间里的出书品种超过前 25 年总和。这情形颇不寻常,因为这毕竟不是商业性很强的书。

2015 年 7 月

又记

  前面说"柔巴依的翻译出版有加速之势",这话大致上不会错。就在这几个月,随着相当豪华的《随泰坦尼克沉没的书之瑰宝》出版,又有了仿维德插图本原作制作的超豪华版《鲁拜集》。听到这些书的售价和拍卖价,再说"这毕竟不是商业性很强的书"就未必正确了——可大有商机的书却让自己坐失良机,那是没有商业眼光了。

  在翻阅 Harold Bloom 编的那本书时,我发现有 Christopher Decker 编辑的 *Rubáiyát of Omar Khayyám: A Critical Edition*,决定把这书买来,因为我希望拙译的这本菲氏《柔巴依集》中,原作的几种文本没有差错。我想,这个"异文校勘本"将是自己看的最后一本有关菲《柔》的书,因为有关资料之多,我再怎么看也只能窥其一斑,就到此为止吧。至于看那本书的结果,就在前言中介绍了。

2015 年 9 月

各版柔巴依编号对照表

第一版	第二版	第三、四版	第一版	第二版	第三、四版
1	1	1	28	31	28
2	2	2	29	32	29
3	3	3	30	33	30
4	4	4	31	34	31
5	5	5	32	35	32
6	6	6		36	33
7	7	7	33	37	34
	8	8	34	38	35
8	9	9	35	39	36
9	10	10	36	40	37
10	11	11		41	38
11	12	12	37		
12	13	13		42	39
	14			43	40
13	15	14		44	
15	16	15	47	45	42
14	17	16	48	46	43
16	18	17		47	46
17	19	18		48	47
	20		38	49	48
20	21	21		50	49
21	22	22		51	50
22	23	23		52	51
18	24	19		53	52
19	25	20		54	53
23	26	24		55	41
24	27	25	39	56	54
	28		40	57	55
25	29	26	41	58	56
27	30	27		59	57

富有传奇色彩的诗篇

第一版	第二版	第三、四、五版	第一版	第二版	第三、四、五版
42	60	58	59	89	82
43	61	59		90	83
44	62	60	61	91	84
	63	61	62	92	85
	64	62	63	93	86
	65		60	94	87
26	66	63	64	95	88
	67	64	65	96	89
	68	65	66	97	90
	69	44	67	98	91
	70	45		99	
	71	66	68	100	92
	72	67	69	101	93
45			70	102	94
46	73	68	71	103	95
49	74	69	72	104	96
50	75	70		105	97
51	76	71		106	98
	77			107	
52	78	72	73	108	99
53	79	73	74	109	100
	80	74	75	110	101
54	81	75			
55	82	76			
56	83	77			
	84	78			
	85	79			
	86				
57	87	80			
58	88	81			